D+

dear+ novel

love delicatessen・・・・・・・・・・・・・・・・

ラブデリカテッセン

栗城 偲

新書館ディアプラス文庫

ラブデリカテッセン

contents

illustration：カワイチハル

ラブデリカテッセン
love delicatessen

由良嗣巳《ゆらつぐみ》が今の職業に就いたのは、些細《ささい》なことの積み重ねだった。言い換えれば「成り行き」であり、選んだわけでもなくトントン拍子でそこに流れ着いてしまったのだ。

小さい頃から揶揄《からか》われていたぷにぷにでぽよぽよの体。保育園児の頃から通っていた英会話教室。隣家が洋食屋だったので、洋食が好きになったこと。だから「いずれ自分もコックさんになりたい」と夢を抱《いだ》いていたこと。

成長するにつれて、自分の恋愛対象が女性ではなく男性だと気付いたこと。

高校生になって、恋した男の子が嗣巳の料理を食べて「美味《おい》しい」と言ってくれたこと。その彼に、ひどく傷つけられたこと。

彼の傍《そば》、ひいては日本という国自体にいることが辛《つら》くなって、日本の大学へは行かずにカナダへ留学したこと。そこで始めた料理ブログと、動画共有サービスで配信した料理動画が、たまたま色々なひとの目に留まったこと。

どれもひとつひとつは大きな関連性はないのだが、そういうあれこれが積み重なった結果、二十六歳になった嗣巳は「料理研究家」として日本のテレビ番組に時折顔を出す存在になった。

「料理研究家の、由良嗣巳さんでしたー！　ありがとうございましたー！」

ＭＣを務めるお笑い芸人がそう言うと、スタジオから大きな拍手が上がった。

いつものように笑みを浮かべ、ぺこりと腰を折る。そして、スタッフに促《うなが》されるままスタジオを出た。やはり、まだテレビ局での撮影は緊張してしまう。

「お疲れ様でした、ありがとうございました」

行き交うスタッフに頭を下げつつ、そんな挨拶《あいさつ》を交わし合う。足早に向かった楽屋のドアを開き、小さく溜息を吐《つ》いた。

「あらやだ、つぐ。楽屋に来るなり溜息なんて、どうしたの？」

先に楽屋に戻っていた人物に声をかけられて、嗣巳ははっと顔を上げた。

「鈴《りん》ちゃん……」

長身で、しっかりと筋肉の付いた肢体《したい》に、男らしく整った彫りの深い顔立ちの彼は、芸名を「鈴子《りんこ》」という。

本名を鷹羽鈴児《たかばりんじ》といい、嗣巳の五歳離れた幼馴染みだ。隣に住んでいた彼は、少し見ぬ間に化粧をするようになり、そして芸能人になっていた。兄のように慕《した》っていた彼の変貌《へんぼう》に最初は驚いたものの、今はもう見慣れた姿だ。

彼は所謂《いわゆる》「オネエタレント」という立ち位置の人物である。彼がその身に纏《まと》っているのはタイトな原色のワンピースで、ただでさえはっきりとした顔が更に目立つような濃い化粧が施《ほどこ》されていた。

この日は偶然同じ番組に呼ばれていて、彼のほうが出番が早かったが、同じゲスト枠だったので楽屋は一緒だったのだ。

「おつかれ。……なにかあったの？」

嗣巳がよほど情けない顔をしていたのか、鈴子も心配そうに表情を曇らせる。嗣巳は頭を掻《か》いて、嘆息《たんそく》した。

「なにもなかったっつーか、いつも通りっつーか……」

今日は、カナダ出身の在日アーティストがゲストに呼ばれていたので、嗣巳は彼の郷土料理を振る舞うために招かれていた。

番組側から依頼されたのは、アーティストがSNSで「食べたい！」と言っていた、「プーティン」という料理である。プーティンとはカナダの国民食とも言われる、フライドポテトとチーズカードにグレイビーソースをかけたものだ。チーズカードは日本での購入は難しいので、凝乳酵素《ぎょうにゅうこうそ》と牛乳、ヨーグルトを使ってわざわざ手作りした。それなりに手間もかかっている。

「……食べないなら沢山作らすんじゃねーよ！」

その場では言えなかった文句を叫ぶ。

大皿に作ってください、というオーダーだったので大量に作ったものの、ゲストも出演者も「美味しい」と言いながら一口ずつしか食べてくれなかった。そして、嗣巳がはけるのと同時に、料理は下げられてしまったのだ。きっと、あのまま廃棄《はいき》されるだろう。

荒れる嗣巳に、鈴子は綺麗に整えられた眉《まゆ》を寄せた。こちらに近づいてきて、子供の頃のように嗣巳の頭をぐりぐりと撫《な》でる。

「まあまあ、どうどう。しょうがないじゃない、そういう世界なのよ」

嗣巳は世間的に「料理研究家」などという肩書を与えられているが、「料理研究家」という言葉は指す範囲が広く、曖昧《あいまい》だ。調理師の免許がなく、飲食店などの勤務経験がなくとも名乗ることができる。

嗣巳の場合、元々は留学先の家庭料理や郷土料理と、そのレシピを写真付きでブログで公開しているだけの、ただのブロガーだった。それが意外にも閲覧数《えつらんすう》が伸び、閲覧者に動画も欲しいと言われ、動画共有サービスなどに料理動画を投稿するようになった。

日本語でアメリカやカナダ料理のレシピの紹介、英語で日本の家庭料理のレシピを紹介していたら、そのうち日本で本を出させてもらったりするようになり、少しずつテレビ局からも声をかけられるようになったのだ。

「あー駄目だ。ストレス溜まる。鈴ちゃん、明日おじさんの店、手伝わせてもらってもいい……？」

「いいわよー。親父の店は、いつでも手伝い大歓迎だから」

帰国してからは調理師免許取得のために専門学校に通い、その間も「料理研究家」として色々声をかけてもらった。

以前ほどの頻度《ひんど》ではないもののブログと動画投稿は続けているし、そちらの広告収入でも食べていけるのだが、ストレスが溜まる度《たび》に、鈴子の実家である洋食屋で調理師として手伝わせてもらっている。

飲食店もそれなりに廃棄があるものの、少なくとも客にきちんと「食欲」があって来てもらえるので、ストレスは少ない。

「インスタ映《ば》えとか言ってるのと変わんないじゃないかよ！　画面映《うつ》りのためだけに大量に作るってなんだよ⁉　なにが『スタッフが美味しくいただきました』だよこの大ウソつきどもー！」

溜まっていた鬱憤《うっぷん》を吐き出す嗣巳を、鈴子は両腕で抱きしめる。よーしよし、と頭を撫でられて、嗣巳は少々落ち着きを取り戻した。時折我慢できずに爆発する嗣巳を、鈴子は幼馴染み兼事務所の先輩として、こうして辛抱《しんぼう》強く宥《なだ》めてくれる。

「怒ったら可愛《かわい》い顔が台無しよ。……って、あら、あんたまた痩《や》せたんじゃない？」

逞《たくま》しい両腕に抱かれながら、嗣巳は苦笑する。

「鈴ちゃん、それいっつも言うよね。俺ここんとこ全然体重変わってないよ。ちょっと増えたくらいだし」

「そう？　だってあたしの記憶の中のつぐってもっとコロコロしてたからさぁ」

嗣巳は、小さな頃からぽっちゃりしていた。それこそ、つついたらコロコロと転がって行きそうなまんまる体型だ。

そんな嗣巳が、カナダ留学を終えて帰ってきた頃には平均より少し痩せているくらいまでに体重を落としていたので、親類縁者が皆「すわ病気か」と焦《あせ》ったほどだった。

「あんたは痩せててもコロコロでも、どっちでも可愛いけどね」

「そんなこと言ってくれんの、親と鈴ちゃんくらいだって。でもありがと」

鈴子は親でも兄弟でもないけれど、欲目だろうなと嗣巳は笑った。

「あ、そうそう」

嗣巳が言うと、鈴子が「ん？」と腕を解く。嗣巳はするりとそこを抜け、鞄《かばん》の中に入れている風呂敷を取り出した。大きなそれに包まれているのは、家から持ってきた弁当箱だ。

「料理作ってきたんだけど、よかったら食わない？」

「え、いいの？　食べる食べる！　今日はなあに？」

一応ロケ弁も用意されているのだが、鈴子は嬉しそうに手を叩いた。

風呂敷を広げ、大きな陶器の密閉容器の蓋《ふた》を開けると、そこにはアメリカやイギリスの定番料理である「マカロニ・アンド・チーズ」が詰められている。保温できる容器なので、まだ温かい。

「あ、なんだっけこれ。知ってる。アメリカ料理だっけ」

「そう。定番中の定番料理の、マックチーズ。特別大好きってわけじゃないんだけど、なんだか作りたくなって」

楽屋に置かれたポットでお茶を淹《い》れつつ頷く。鈴子は早速、嗣巳の用意していた木製のフォークで、マカロニを口に運んだ。

「んー！　チェダーチーズの濃い〜味！」

なんかよくわからないけどアメリカンって味だわ、という感想に小さく笑いながら、嗣巳はバッグの中から小さな密閉容器をいくつか取り出した。

「ソースも色々作ってきた。お好みのものをどうぞ」

マカロニ・アンド・チーズは、アメリカのソウルフードとも言える定番料理ではあるが、非常に単調な味なので、大量に食べ続けるのは辛い。嗣巳が作るときは味を変えるソースを必ず用意する。

「あら、なにこれ可愛い〜」

小さな容器を手に取って、鈴子が微笑《ほほえ》む。持参したのはトマトソース、チリソース、バジルソース、玉ねぎとハムをベシャメルソースに絡めたもの、食べる辣油《ラーゆ》、醬油《しょうゆ》と海苔《のり》、メイプルシロップなどだ。

「出た、メイプルシロップ。そういえば、つぐはカナダに留学してたんだもんね」

「うん。メイプルシロップは、一生分摂取《せっしゅ》した気がする。あの国ではいっそ、メイプルシロップは飲みものです……」

「飲むんかい。じゃあ折角《せっかく》だからメイプルで食べてみようかなー」

そう言いながら、取り分けたマカロニに鈴子がメイプルシロップをかける。あまじょっぱくて意外といける、と笑う鈴子に、嗣巳もつられて頬を緩《ゆる》めた。

――曲がりなりにも、料理研究家で仕事がもらえてるんだから、感謝すべきなんだろうけど……。

テレビ局に出入りするようになって精神的一番にこたえたのが、料理の廃棄だ。

ほんの少しだけ食べられた料理が、当たり前のように捨てられるのを見ていたら、なんだか上手《うま》く笑えなくなってきた。

そんな愚痴《ぐち》をこぼすと、鈴子は綺麗に整えられた眉尻を下げ、嗣巳の頭を撫でる。

「あたしはもうその辺麻痺《まひ》しちゃってるけど……料理好きで、作ってる当事者の嗣巳からしたら、辛《つら》いわよねえ」

「……向いてないんだろうな、テレビの仕事」

いつか慣れるかもしれないと思っていたが、ただ辛くなってきているのが現状だ。

「ねえ、テレビのお仕事休んでみたら？　親父だって嗣巳のこと頼りにしてるしさ」

「そりゃ、殆《ほとん》ど無償《むしょう》で手伝ってるからでしょ？」

「まあ、そうとも言うわね」

「おい！」

そう言いながらも、優しい言葉に強張《こわば》っていた心がほぐれる。鈴子の父も、嗣巳が辛い思いをしているのを察してくれているようで、時折冗談のように「嗣巳がうちの店継ぐか?」などと言ってくれていた。

そして、「鈴児に跡を継いでもらうはずだったのに」とぶつくさ言いながらも、鈴子の生き方を応援している。

「……うん、でももう少し頑張ってみる。折角仕事もらえてるんだし」

「そう? でもあんまり無理はしないでね」

うん、と顎《あご》を引くのと同時に、楽屋のドアがノックされる。

返事をすると、ドアの向こうから背の高い男が顔を出した。

「嗣巳くん、今日はありがとね。ゲストさん凄《すご》く喜んでたよ」

そう言ってにこやかに笑うのは、プロデューサーの梶野《かじの》だ。まだ四十になったばかりだというが、人気番組の演出をいくつも手掛けており、現在のバラエティ番組を牽引《けんいん》している、と評判の人物である。

「こちらこそ、呼んで頂いてありがとうございました」

「いやいや。日本で食べるのはなんか違うけど、嗣巳くんのは母国の味と同じだったってさ」

業界人らしく若々しい見た目の彼は、にっこりと笑って距離を詰めてきた。パーソナルスペースが狭《せま》い人のようで、嗣巳はいつも戸惑《とまど》ってしまう。

相手が外国人ならばともかく、日本人で距離感の近い人にはどうしても警戒心を覚えてしまうのだ。

「それでね、今度『大食い企画』があるから是非《ぜひ》嗣巳くんに料理作ってもらえないかなって思って」

「大食い番組、ですか？」

思わず眉を顰めてしまい、慌てて表情を戻す。梶野はいやいや、と手を振った。

「大食い番組じゃなくて、大食い企画。メインじゃなくてコーナーのひとつだよ。大食いタレント対一般芸能人的な」

「はあ……」

「芸人の津本《つもと》くんて知ってる？　大食いファンらしくてね、本人が自分の番組のコーナーで企画持ってきて。最近動画投稿サイトで結構再生数伸びてるジャンルだし、いいかなってことで」

人気のお笑い芸人の冠番組の一コーナーとしての企画だ、というのはわかったが、何故《なぜ》嗣巳なのか。

そんな疑問が顔に出てしまったのか、梶野が嗣巳の肩に触れた。

「大食いといえば、アメリカのイメージ強いじゃない？　だから今回はアメリカ料理出して欲しいなって。アメリカ料理といえば嗣巳くんじゃない。そういうことで、よろしく」

梶野の手が、嗣巳の肩を撫でながら腰へ移動する。そして嗣巳の腰をぽんと叩いた。

詳細《しょうさい》は追って連絡するから、と言って梶野は返事も聞かずに去っていく。ドアが閉まるなり、鈴子が「ヤダ～！」と声を上げた。

「うん……大食いかぁ」

「馬鹿！　そっちじゃないわよ！　梶野P、つぐのお尻《しり》触ったじゃない！」

尻ではなく腰だった、と言おうとしたが、確かに手が離れる際に尻を撫でていった気もする。

「まあ、あんまり深い意味はないんじゃない。スキンシップ激しい人だなとは思うけど」

鈴子はヤダヤダと言いながら、埃《ほこり》を払うときのように嗣巳の腰を叩いた。

「あの人、この間までモデルの桃菜《ももな》ちゃん狙《ねら》ってたのに、今つぐ狙いなの⁉」

「いや、そういうわけじゃないと思うんだけど……それよりどうしよう、鈴ちゃん。さっきの仕事、全然やる気しない……」

「梶野Pだもん、当然よ」

「そっちじゃなくて、俺、大食いの人ってどうも苦手なんだよなぁ」

一言で言えば、味わっていない印象を受けるからだ。

子供の頃に見た大食い番組では、苦しそうに食べる人もいるし、食べ散らかす人もいるし、なにより食事を味わうというよりも機械的に胃の中に押し込む様子が受け入れられなかった。我慢比べのように、食事中に苦悶《くもん》の表情を浮かべていた印象が強い。

「それに、俺は食べたら食べただけ太るから、納得いかないな」

「ああ、それはわかるわぁ。あたしなんてジム行って鍛えて体型維持《いじ》してるのにさー。ああいうのは殺意が湧くわよね」

殺意とまでは言わないが、コンプレックスが刺激されるのは確かである。

海外では巨漢のフードファイターもたまに見かけるが、日本でいう大食いタレントは軒並《のきな》み体型が細い。

「でも折角もらった仕事だし、なんとか割り切ってやってみる」

溜息交じりに言うと鈴子はまるで母親のような優しい顔になり、子供の頃のように再び頭を撫でてきた。

そんな彼に苦笑しながら、そういえばかつての片想い相手も、いつも楽しそうに、綺麗にたくさん食べていたなと思い出す。けれど同時に胸に鋭い痛みが走り、嗣巳は頭の中に浮かんだ記憶を振り払った。


時間通りにテレビ局側から指定されたスタジオに出向くと、既にスタッフが設営準備に入っていた。

「おはようございます、由良さん。いいですか?」

アシスタントディレクターが寄ってきて台本を渡され、進行の打ち合わせをする。

嗣巳が料理を作っているところを撮影《さつえい》している間に、タレントがリハーサルを行い、そこに出来上がった料理を並べ、タレントが食べている様子を撮影。嗣巳は横でその様子を見ているだけ、ということらしい。

「一応、由良さんには料理の紹介をして頂くかもしれません。食事中も由良さんを撮《と》りますので、大食いタレントの皆さんが食べている横でなにか驚いた感じの顔してください」

「了解です。こういうの、なんか慣れないんですよねー」

「そんなに気負わなくても大丈夫ですよ。じゃあ、まずは料理してるとこ撮らせてもらっていいですか?」

「はい、よろしくお願いします」

ここはナレーションベースで手元が映されるので、細かい解説はなくても大丈夫、という旨《むね》の説明を受ける。つまり、ひたすら作っていればいい、ということだ。

自分で動画を撮るときと要領は変わらないので、特に緊張することもなく作業をする。

「材料、足りないものがあったら言ってくださいね。ひとっぱしり行くので」

「あ、はーい。大丈夫です!」

「そういえば、新しい動画見ましたよー。由良さんって顔出ししてからも料理動画は手元しか映さないんですね」

「だって料理動画に作ってる人の顔いらないじゃないですか。邪魔な情報でしょ」

「えー、かえって気になりません？　あ、それなにしてるんですか？」

これは下ごしらえで、と訊《き》かれるままに説明していく。もしかしたら説明する部分を使うのかもしれないが、コミュニケーションをはかる側面もあるだろう。

業界人はなんだか怖いというか世間ずれしているイメージがあった。基本的には皆人当たりがよく、きっといい人たちには違いないし、仕事も楽しい。

だが、この料理もまた捨てられるのかと思うと気分が沈んだ。そして、テレビの仕事では当然、出来立てを食べてもらえることも少ない。

そんなことをいちいち気にしていたら駄目だとわかっていても、やっぱり毎度引っかかってしまう。

――やっぱり向いてないのかもな。テレビの仕事。

もやもやとした気分を追い出すように、アシスタントディレクターと会話をしながら料理を作っていると、扉の向こうが騒がしくなってくる。

「あ、大食いタレントさんたち来たみたいですね。由良さん、あとどれくらいでできます？」

「あと二十分かからないくらいです」

「了解しました。じゃ、できたものを並べていってもらっていいですか」

嗣巳は言われた通りに大きなサービスワゴンに料理を並べていく。

全部作り終えると、ワゴンを押すスタッフに続いて、スタジオに向かった。

「由良さん入りまーす！」

「よろしくお願いします、由良です」

会釈しながら撮影スタジオに入ると、コーナー司会をする見慣れた有名タレントとともに、男性一人、女性二人が大きなテーブルの前に座っていた。彼らが「大食いタレント」なのだろう。嗣巳はあまりそちらを見ないまま小さく頭を下げた。

「嗣巳！」

突如《とつじょ》名前を呼ばれて、嗣巳は目を丸くする。

戸惑いつつ顔を上げると、大食いタレントの男性が立ち上がった。長身の男の顔を見て、嗣巳は絶句する。

ずんずんと近づいてくる男に思わず一歩下がったが、すぐに距離を詰められる。男は自分の顔を指さしながら「俺、俺！」とまるで使い古された詐欺《さぎ》のような言葉を口にした。

「まさか忘れた？　俺だよ！　山江恒《やまえこう》！」

久し振りに見る全開の笑顔に、ぎゅっと胸が締め付けられる。

忘れてなどいなかったけれど、まだ彼への気持ちが残っていたなんて思わなかった。小さな痛みを押し込め、嗣巳は目の前の男を睨《にら》み上《あ》げた。

■

八年前――高校生のときまで、嗣巳の体重は三桁《けた》もあった。

小さな頃から常《つね》に平均体重以上で揶揄《からか》われ続けていたが、ついに三桁になったときは流石《さすが》にまずいと思ったものだ。

入学式などでひそひそと「でかい」「やばい」という声が聞こえるのはお約束で、当然の流れだと思う一方で気が滅入《めい》った。それが嫌なら痩《や》せればいい、というのはもっともだったが、そこまで育った大きな体は一朝一夕《いっちょういっせき》では小さくならない。

そして、嗣巳の家は代々続く富裕農家で、食べるものがとにかく身近に溢《あふ》れていた。昭和の頃から兼業農家となり、嗣巳が生まれる頃には規模も大分縮小していたが、祖父母、叔父、両親、兄弟が食べるには困らないほど――文字通り腐るほど収穫《しゅうかく》できる。おまけに母の実家は米農家で、毎年新米が二俵《ひょう》送られてくるのだ。

子供は大人たちから、やれ食えそれ食えたんと食え、と勧められる。年の離れた兄姉はそんなに食えないと突っぱねていたが、嗣巳は美味しい美味しいと食べ続け、気が付いたらまんまるになっていたのだ。

おまけに、嗣巳はストレスが食に出るタイプだったので、嫌な思いをするたびに食べ、太り、そしてまた揶揄われて、という悪循環《あくじゅんかん》だった。

だが、表向きは明るい性格だったので、そんな風に人知れずストレスを抱《かか》えているなんて、誰も知らなかっただろう。年上の幼馴染みである鈴児が時折心配そうにするくらいで、表面上、楽しく学校生活を送っていた。

陰で鬱々《うつうつ》としていた嗣巳だったが、状況が変わったのは高校に入学してからだ。

「――ねえねえ、それ手作り？」

五月の連休明けの昼休み、前の席に座っていた山江が振り返ってそう言った。

山江は、入学式から女子がざわつくほど目立つ美形だ。

長身で細身、なにより芸能人と比べて遜色《そんしょく》のない整った顔立ち。社交的な性格と相俟《あいま》って、すぐにクラスの中心人物となっていた。「山江」と「由良」で席は前後だったので、なにかと会話する機会はあったものの、嗣巳はぼんやり、「住む世界が違うな」と思っていた。

咄嗟《とっさ》になにも答えられなかった嗣巳に、山江はもう一度「全部作ったの？」と重ねて問うてきた。

その日嗣巳が持参していたのは、弁当箱四つ分にぎっしりと詰めた稲荷《いなり》寿司だ。一升《しょう》分の米を使っており、四つの箱の中身はそれぞれ味も変えている。

五目御飯、葉山葵《はわさび》の醤油漬けを刻んだもの、紅ショウガと煎《い》り胡麻。そして中身は白い酢飯で、外の揚《あ》げを黒糖で甘く煮たもの。おススメは葉山葵だ。

「あ、うん。一応……俺が作ったんだけど」

「え、由良の手作り⁉　すっげー！　実はさー、四月からずっと気になってたんだよね、由良の弁当。……すげえ美味そうで」

「一人で食うのかよデブ」くらいのことは言われるだろうと思っていたので、驚いた。

山江は重ねられた弁当箱をじいっと見つめ、もう一度「美味そうだなー」と言う。

「あ……ええと、よかったら食う？」

あまりに凝視《ぎょうし》されるものでそう申し出てみると、少し大人びた端整な顔がぱあっと明るくなった。

「マジで⁉　いいの⁉」

「いいよ、どうぞ」

食べるものが有り余っているせいか、子供の頃から弁当は必要以上の内容量を持たされ、皆に食ってもらえ、と祖父母に野菜や果物を押し付けられることもあった。

弁当を作るのは中学以降はずっと嗣巳の役割で、家族が出勤・通学時にセルフで必要量を詰めていき、残ったものを嗣巳が持っていく、というのが由良家の朝の習慣だ。

今日は「まだ古古米があるからいい加減消費してくれ」と言われて、早朝から家族の分まで大量に稲荷寿司を作ったのだ。

「なんか催促《さいそく》したみたいで悪いな。いただきまーす！　……うんまーい！」

きらきらと目を輝かせながらうまいと言ってもらえて、ほっと胸を撫で下ろす。

「よかった。今日のは古古米だから、お酒とはちみつを足して炊《た》いたんだ」

「ココマイ？　がなんかわかんないけど、すっげえ美味い！　もう一個いい？」

「いいよ、食って」

嗣巳が制止しなかったこともあるが、結局山江はそのとき、弁当箱二つ分の稲荷寿司を平らげてしまったのだ。空《から》になった弁当箱を前に、山江は顔を真っ青にした。

「ごめん、夢中になっててめっちゃ食っちゃった……」

「俺も助かった。食べてくれてありがと」

大食漢の嗣巳でも持て余す量だったので、笑って礼を言った。そんな嗣巳に、山江は一瞬目を丸くし、それから慌てて鞄を探り始める。そして、購買部で売っている「とろとろ杏仁《あんにん》プリン」という商品をくれた。

「わ、俺これ超好きー！」

「よかったー！　さっき買ってきたんだけど、俺もこれ大好き！　とりあえず、全然等価交換じゃないかもしれないけど、今日のお礼ってことで」

山江はいわゆる「痩せの大食い」というやつだった。四人兄弟の末っ子ということで、日々食卓の戦争に負けていて常々飢《う》えている、と彼は主張する。

それから毎日、嗣巳は山江と弁当を食べるようになり、学校外でも遊びに行ったりするようになった。部活の応援にも行った。

餌付《えづ》けというと表現が悪いけれど、嗣巳と山江が友人になったのは、弁当がきっかけだったのだ。

元々顔が好みだった、ということもあるが、優しく、明るく、そして嗣巳の作った料理を美味しいと言って笑ってくれる山江に、友情以上の好意を持ったのは必然だったとも言える。

山江と食事をするようになってから、クラスメイトも集まってくるようになり、昼休みは結構な大人数で過ごすことが多くなった。女子の何人かには「料理を教えて」と言われることもあり、男友達から随分羨《ずいぶんうらや》ましがられたものだ。

「嗣巳、今日はなに作ってきたの？」

山江はそう言って、よく嗣巳に抱きついてきた。元々距離感の近いタイプなので嗣巳以外のクラスメイトとも肩を組んだりしていたのだが、山江に触れられると平常心を保つので精一杯だった。

柔らかくて気持ちいい、抱き心地がいい、と山江が感想を言うのに加え、着ぐるみというか、ゆるキャラのような見た目も相俟《あいま》って、他のクラスメイトも挨拶のように抱きついてくるようになった。肌寒い時期になってからは更に頻繁《ひんぱん》になり、女子にまで抱きつかれるのは戸惑ったし、あやかりたい男子たちから更にもみくちゃにされたのも困った。

そんな経緯《けいい》もあってか、一年次のクラスは非常に仲が良く、学生棟を借りてクリスマスパーティも開いたほどだった。持ちよりで料理を、ということだったので嗣巳はケーキを作って持って行った。生クリームは色々と面倒だったため、シンプルなガトーショコラにしたら、山江にいたく感激されてしまった。

「嗣巳のケーキ、最高に美味しい……！」

「そう？　よかったー」

フォークを握りしめながら何度も褒《ほ》めてくれる山江に、嗣巳も嬉しくなってしまう。

聞けば末っ子の山江は家庭においての発言権がなく、本当はチョコレートが好きなのに、上の三人が生クリームのケーキ以外認めないせいで、クリスマスも本人の誕生日でさえも生クリームのケーキ一辺倒らしい。

「来年もケーキはチョコがいい！　嗣巳が作ってくんないと俺チョコケーキ食えない」

そんな山江の発言を受け、他のクラスメイトも「やっぱり定番の生クリームがいい」とか「バタークリーム食べてみたい」などと口々にリクエストしてくる。

何故かその場でジャンケン大会が行われ、翌年は「アップルパイ」で決定してしまった。

山江の落ち込みようは半端ではなく、「俺が言い出しっぺなのに……」と部屋の隅で膝を抱える始末だ。

嗣巳は苦笑して、その横に腰を下ろした。そして、顔を近づけてこっそり耳打ちをする。

「来年、山江の分だけ別にチョコケーキ作ってあげる」

「えっ、マジ！」

「うん。そんなに喜んでもらえるなら、俺も作り甲斐《がい》あるし。……特別ね」

そんな言葉を囁くと、山江は大きな目をぱちくりとさせた。

「俺、特別？」

改めて問われて、若干《じゃっかん》言葉に詰まる。あまり特別な感情を込めないように言ったつもりだったが、意味深に聞こえただろうか。

「うん。……変な意味じゃないよ。もうちょっと作ってくればよか……っ、わぁ！」

却《かえ》って変な言い方になってやしないか焦ったけれど、横から体当たりしてきたクラスメイトに、嗣巳はびっくりして皿を落としそうになってしまった。横井《よこい》という、嗣巳の後ろの番号の男子生徒だ。

「横井、どしたの？」

「嗣巳ママー！　ふられたよぉ、慰めてくれよぉ……」

聞けば、期末テストの後に隣のクラスの女子に告白し、玉砕してしまったらしい。よりによってクリスマスシーズンに失恋はつらかろうと、嗣巳は横井の肩を叩く。

「ママじゃないけど、よしよし。俺の胸でお泣きよ」

えーん、とふざけた調子でいいながらもそれなりに落ち込んでいるらしい横井は、嗣巳の胸に顔を埋めた。肉付きのいい嗣巳の胸に、ぐりぐりと顔を押し付けてくる。おや、と不穏な空気を感じていたら彼の手が胸をわしわしと揉《も》み始《はじ》めたので、嗣巳はばしっと頭を叩いた。

「いってえ！」

「胸で泣けとは言ったが揉めとは言ってないよ？」

「俺だって男の胸揉みたくなんてないけどさー！　本物が揉めない俺に癒《い》やしを！　愛の手を！」

「ええー……ていうか俺の胸じゃ癒やされないでしょ？」

女子にセクハラをするよりはマシかもしれないが、妥協《だきょう》で胸を揉まれるこちらの身にもなってほしい。

「いや、嗣巳の胸は癒やされるよ！　なあ山江⁉」

唐突に話を振られて、山江が目を丸くしている。賛同を求められても、山江も困るだろう。

「いや、俺嗣巳の胸揉んだことないし……」

「貸してやるから揉んでみ！　ふかふか！」

いや、勝手に貸さないでよと言おうとしたら、促されるまま、山江の掌《てのひら》が胸の上に置かれた。

他意などないのに、嗣巳の胸は大きく跳ね、早鐘を打つ。なにも素直に言うことを聞かなくてもいいのに、山江は何故か真顔で嗣巳の胸を揉んだ。

「や、山江……?」

もみもみと揉み続ける山江をうかがうと、彼は無表情のままようやく手を離した。

「——うん。まあ柔らかいけど男の胸だな」

そしてぽつりとそんな感想を漏らす。

頭では当然だと理解しているけれど、つまらない、と言わんばかりのその言葉に、思い切り傷ついた。他の誰に同じことを言われても、多分ここまでショックは受けなかっただろう。

山江にだけは、そういうふざけかたをしてほしくなかったし、冗談を言ってほしくなかった。女の子と比べてほしくなかった。——そんな自分の気持ちに気づいたけれど、口や態度に出すわけにはいかない。

「ぷよぷよしてるけどこれは胸というかお肉——痛っ」

腹が立って悲しくて、嗣巳は自分の気持ちを誤魔化すように、わざとふくれっ面《つら》を作って山江と横井をばしばし叩いた。

「いてっ、痛い!」

「痛い! 嗣巳!」

「うるさい! 来年はケーキ作んない!」

そんなぁ、と情けない声を上げる二人に、思い切り張り手をかます。

冗談のつもりだったが、翌年、ケーキを作るという約束は本当に実現しなかった。

嗣巳は文系、山江は理系志望であり、二年でクラスが分かれたのだ。校舎も東フロアと西フロアに離れたため、殆《ほとん》ど会うことはなくなった。当然、一年のクラスメイトで集まろうという話は立ち消える。

一学期の頃までは何度か話しかけようと思ったのだがタイミングが悪くて上手くいかず。そのうち話しかけにくくなってしまい、校舎内で見かけても挨拶すらしなくなってしまった。

再び顔を合わせたのは、三年の選択授業の教室だった。文理共通の選択科目で、教室も同じになる。

「山江、久し振り」

思わず声をかけると、山江はこちらに視線を向け、すぐに逸らして「ああ」と頷いた。

一年生のときは、いつもにこにこと笑いかけて、抱きついてくるほどだったのに、あまりに素っ気ない対応がショックだった。

一年ものあいだ疎遠になっていたので仕方がないかもしれない。そう思ったけれど、山江の態度が冷たいのは、嗣巳にだけだとやがて気が付いた。

夏休みが終わり、秋になり、中間テストも終わった頃に、同じ文系コースの矢田《やだ》が進路調査表を手に「進路どうするんだ?」と話しかけてきた。

「うーん……」

「やっぱ当初の希望どおり、ここかここ?」

大学名を指しながら問われて、嗣巳は眉を寄せる。

「んー……」

「……嗣巳、大学行かないで調理師になるって本気？」

「えっ？」

矢田の科白に反応したのは、嗣巳ではなく近くの席に座っていた山江だった。

「嗣巳、そうなの？　なんで？」

矢田は一年のときからずっと同じクラスで、仲の良い友人だ。三年になってからの山江が嗣巳を無視するのを苦々しく思ってくれていて、突然会話に混じってきたのに一瞬驚いた顔をして山江のほうを見たが、すぐに嗣巳に顔を戻す。

「先生から本当なら説得してくれって。嗣巳なら推薦取れるからってさ」

「や、そこまではっきり決めてないっていうか……一応大学に行く可能性のほうが高いとは思ってるけど」

「あ、そうなんだ。っていうか山江、なんで嗣巳の進路でお前がキレてんだよ」

矢田のツッコミに、山江はばつの悪そうな顔をして、浮かせていた腰を落とした。

「別にキレてねえし。……ただ、前は俺と同じとこって聞いてたから」

一年生のころ、「学科は違うけど、同じ大学志望なんだな」という話をしたが、覚えていたのが意外だ。

文系進学コースなので、親も当然大学に進学するものだと思っているし、周囲もそうだ。けれど、嗣巳の料理を美味しいと食べてくれる友人たちの姿を見て嬉しくなって、保育園の時に漠然と「料理人になりたい」と思った気持ちが復活したのも確かだ。

それをぽろりと進路指導の教師の前で零《こぼ》してしまって焦らせた。

——嬉しかったんだよな、本当に。

矢田をはじめ、友人たちに美味しいと言われると、胸がほわっと温かくなる。

けれど、山江に同じことを言われた一年のとき、同じように嬉しいのに、どきどきするし、胸が苦しくなった。もっとも、今は山江に料理を食べてもらうこともなくなったけれど。

「やめとけよ、料理人なんて」

予想していた科白だったが、それは嗣巳が思っていたよりも、深く胸を抉《えぐ》った。

「お前に関係ないだろ山江。嗣巳、無視だ、無視」

「厨房《ちゅうぼう》入ったら嵩張《かさば》って邪魔だって。大人しく大学行っとけよ。向いてねえから」

やめとけやめとけ、と言いながら山江が席を立った。

その背中を見ながら、矢田がペンケースを握り「これぶつけてやろうか？」と問うてくる。

いいよ、と首を横に振って返す自分の顔は笑っていた。

強いショックを受けると、喜怒哀楽よりもまず頭が真っ白になる。色々な感情が綯《な》い交《ま》ぜになって、表情筋が歪んで笑顔のようになるのだろう。だが、心はあまりの辛さに悲鳴を上げた。

ずっと無視され続けた挙げ句、やっと話しかけてきたと思えばそんなひどい言葉で。大切な思い出や、自分の好意ごと否定された気がした。山江に体型のことを嗤《わら》われて、消えてしまいたくなった。他にも色々理由はあるのだろうけれど、山江が嗣巳に冷たくなった理由の一端がわかった気がする。以前は「柔らかくて気持ちいい」とか「抱き心地がいい」と言っていたけれど、本当は嵩張って邪魔だと思っていたのだ。それを知って、嗣巳は恥ずかしくて自分のみっともなさが辛くて、涙が出そうだった。

それから嗣巳は山江となるべく接触しないよう、授業ギリギリまで教室に入らず、授業が終わればすぐに教室を出るようにした。

自由登校になってからは一切顔を合わせることもなく、卒業の日まで避け続けたのだ。

「――嗣巳！」

卒業式の日に、久し振りに山江に名前を呼ばれた。腕を引かれて校舎裏に連れていかれる。

大人しく付いていったのは、なにか期待をしていたからじゃない。

自分で意識していたよりも、嗣巳の山江に対する気持ちは「怖い」というほうに振れていたのだ。

身構えていると、山江はいつものような意地悪な顔をせず、ただ焦ったように視線をうろつかせていた。そして、そのまま口を噤《つぐ》んでしまう。

「……用がないなら、俺帰るけど」

「っ、あるよ！　ある！」

山江ははっとした様子で、頭を振った。彼は、鞄の中を探り、コンビニの袋を取って嗣巳の胸に押し付けた。

小突かれるのかと身構えたが、そうではなく、袋の中のものを受け取れということなのかもしれない。

「え……なに？」

「いや、だから、これ」

差し出された袋の中身も、彼の行動の意味も、わからない。いつまでも受け取らない嗣巳に、山江は焦《じ》れるようにぐいと押し付けてきた。

「え、なに……痛いって」

「なあ、お前さ、大学受かったか？　ちゃんと大学行くんだよな？」

唐突になんの話かと、嗣巳は眉を寄せる。

「それ、山江になんか関係ある？」

「え、あるだろ。だって俺ら同じ大学かもしれないだろ、そしたら同じ高校出身だし、なにかとつるんでたほうが――」

「……俺、あの大学行かないから」

「え――」

話がそれだけなら他に話すこともないと、嗣巳は踵《きびす》を返す。だが、背後から伸びてきた手に腕を取られた。

「待てよ、なんだよそれ！　どういうことだよ！」

「っ、離せよ……っ」

痛いくらいに腕を握られて、反射的に振り払う。その拍子に、彼の手からコンビニの袋が落ちた。カップデザートのアルミの蓋が、丁度砂利《じゃり》に接触し、中身がぐしゃりと零れ出る。とろとろ杏仁プリン、と書かれたロゴが見えた。

「同じ大学じゃなくてよかったな。安心した？　山江、俺のこと嫌いだもんな」

「嫌いって、俺は別に」

慌てて否定するようなことを口にする山江に、今更なんの言い訳か、とおかしくなる。

「いいよ、今更。──俺も、山江のこと嫌いだから」

その言葉を告げて、嗣巳は視線を逸らす。彼がどんな顔をしているのか、見る勇気がなかった。誰かにこんなひどい言葉をぶつけたのも、生まれて初めてだ。

「……もう今日で卒業だし、俺も、これ以上無理に笑えない」

嗣巳は、山江のことが好きだった。だからこそ、彼の応対が辛くて悲しかった。

「もう二度と話しかけるな。──顔も見たくない」

好きな気持ちよりも、拒絶の気持ちが完全に勝り、顔も見られなかった。

彼に恋した気持ちが完全になくなったわけじゃない。けれど、今は一粒《つぶ》の砂ほどの大きさになっていて、もはや見えなくなりかけていた。

同じだけ、きっと彼がひどい態度に出るきっかけとなった体型も——自分自身も嫌いだった。

嗣巳は、彼に嫌われたこの醜《みにく》い体を捨てて、新しく生まれ変わりたいと願ったのだ。

■

「——知り合い？」

ディレクターの声に、嗣巳ははっとする。

「高校が一緒なんです！　俺ら！　ほんとは大学も同じところ行こうって言っていたんですけど」

そう言って、山江はかつてのように肩に手を回してきた。忘れていたはずの切ない気持ちや怒りが蘇《よみがえ》ってきて、嗣巳は「二度と話しかけるなって言っただろ」という科白を、ぐっと唇を嚙んで堪える。

けれど、当時とは身幅《みはば》が違うせいか、随分《ずいぶん》感覚が違う。

あの頃は「しがみつかれている」という感じだったが、今は山江の腕の中に入ってもまだ余るくらいになっていた。それは山江も感じたのか、少し驚いたような顔をする。そんな山江の表情に、嗣巳は寂しいような胸が痛むような、変な気持ちだった。

にこにこと能天気に笑っている顔に、なんだかとっても意地悪な気分になって、嗣巳は山江を押し返すようにして腕から逃れた。

「高校の同級生かー。仲良かったの？」

「は――」

「いやー、そうでもないです」

恐らく肯定しようとしたであろう山江を遮《さえぎ》って否定する。山江は表情を強張《こわば》らせた。卒業式のことや、嗣巳を無視していた事実をすっ飛ばし、あまりにもあっさりと、能天気に肩を組んで来た山江が信じられない。自分ばかりが一方的に彼を特別視していたのだと思い知らされる。

素っ気ない態度の嗣巳に、大食いタレントの女性二人が「話が違うじゃん」とつついてくる。

「え……いや、その」

「三年のとき、俺のことずっと無視してたくせに。だから話しかけるのやめたんだよ、俺」

今更責めるわけではないがそう言うと、周囲が「え～……」と不審な声をあげた。山江は慌てて頭を振る。

「いや、あれは」

「山江さ、勝手に水に流したつもりになってるなんて、調子よすぎない？」

「山江くん、いじめたほうは忘れてても、いじめられたほうは覚えてるもんなんだよ……」

大食い女性タレントからのツッコミに、山江は顔面蒼白になる。

「実は俺、昔リアルに体重が今の二倍あって」

二倍、と周囲の声が揃《そろ》った。今のビジュアルだけを見ると、想像するのは難しいだろう。

一番多いときで、二倍以上あったかもしれない。その、ころっころに太っていた頃を、山江は知っている。

「料理人になりたい、って言ったら『お前が厨房に入ったら、嵩張って邪魔だからやめとけ』みたいなこと言ってたよね？」

山江は、嗣巳の科白に固まった。

そして周囲も、なかなかの科白に「え……」と本気で引いている。普段、微笑みを湛《たた》えながら穏やかに料理を進行する嗣巳が刺々《とげとげ》しい態度をとっているせいか、困惑した空気が部屋に流れていた。

流石《さすが》に今の彼の交流関係に支障をきたすのも可哀想《かわいそう》になり、嗣巳は手を緩《ゆる》めることにする。

「まあでも、山江にそういうこと言われたのは一回だけですけどね」

一応のフォローは入れたものの、微妙な空気を払拭《ふっしょく》するまでにはいたらない。現在の嗣巳の見た目だと、明らかに山江よりも小さく、弱者感が強いせいだろう。

「それより、セクハラのほうが困りましたよ！　胸揉まれたりとか」

努めて明るく言えば、女性タレント二人も「セクハラー」と山江を冗談ぽく責める。

「でも一回だけだし、あれは――……」

「でもやったのは事実なんだ？」

「いや、それはその」

「いやいや、一回だけとかそういう問題じゃなくない？」

恐らく「あれは仲がいいときにちょっとふざけただけ」とでも言おうと思っていたのだろう、女性陣の指摘に、山江が目に見えて動揺する。嗣巳は、山江が覚えていることが意外だった。嗣巳にとっては衝撃的な出来事だったけれど、山江にとってはそうではないと思っていたから。

おろおろしている山江に、ついつい吹き出してしまうと、周囲からもほっとした空気が流れた。

「もしかして二人とも男子校？」

話に入ってきたディレクターに、嗣巳は頭を振る。

「いえ、共学です」

「あ？　そうなの？　俺は男子校だったんだけど、太ってるやつはよく胸揉まれてたよ。皆ほら、童貞だし。デブの胸ってBカップくらいあるでしょ」

ディレクターの科白に、女性陣《じん》が「うわあ……」と一斉《いっせい》に引いた。そして、別にたったいま揉んだわけでもない山江に「最低」「不潔」とちくちくと再攻撃を始める。

思ったよりも責められるもので、嗣巳は苦笑した。

「まあまあ、そう山江くんを責めてやるな。健全な童貞男子高校生なんて馬鹿でエロいことしか考えてないもんだからしょうがないよ」

「あのー……俺も一応、健全な男子高校生だったんですけど」

そりゃもっともだ、とディレクターが笑い声をあげる。だが女性陣が笑っていないので、咳払いで誤魔化した。

「でも、だってそれは、嗣巳だって笑って……」

「そりゃ笑うしかないから。でも胸揉まれるのはそれなりに嫌だったよ」

わけもなく体に触られるのには抵抗があったし、女の子の代わりに胸を揉まれていい気分になんてなるわけがない。特に、それが好きな相手だったなら猶更《なおさら》だ。もう忘れかけていたことなのに、高校生のときの傷付いた気持ちが戻ってきて少し辛くなる。

そして、女性タレントの一人が「あのさあ」と口を挟んだ。

「山江くんさ、せっかく会えたんだから、ちゃんと謝っておきなよ。昔のことを水に流していいのは、被害を受けたほうだけだよ」

そんな進言に、山江は目を瞠る。

その顔には悔恨《かいこん》の表情が浮かんでいて、そして、高校一年生の――まだ仲が普通によかった頃の彼を彷彿《ほうふつ》させた。

形のいい眉を八の字に下げて、山江は「ごめん」と頭を下げる。

「あの、嗣巳……あとでまた、機会を作って欲しい」

「うん、まだ仕事中だからね」

これ以上、衆目《しゅうもく》のある中で昔の揉め事の話をしたくないのも確かだ。

「——そろそろスタンバイ、お願いしまーす」

スタッフに声をかけられ、それぞれが位置につく。

山江はまだなにか言いたそうにしていたが、早くと急かされて、慌てて椅子に座った。嗣巳も決められた場所へ向かう。

本番いきまーす、とキューが出て、カメラが回り始めた。


「ん〜！　おいし〜！」

「うっまー！」

カメラにそれぞれアピールしながら、山江たちが嗣巳の作った料理を平らげていく。

てっきり数人でひとつの料理を食べるのかと思ったが、十人前はありそうな料理を一人一品ずつ、消費していた。

勿論《もちろん》演技もあるのだろうが、皆美味しい美味しいと言って食べ続けている。

しかも、ひとつひとつ、なにが入っているのか、どういう味か、と細かくリポートしてくれるのだ。

そして嗣巳は台本通りに「この料理はなんですか」と訊かれたら説明する役目だった。山江たちは「へ～」と相槌《あいづち》を打ちながら「美味しい！」と言って食べ続ける。

――う……うれしい……。大食いタレントと仕事をするのが嫌だなんて、ちょっとでも考えてごめんなさい……。

最近、テレビの仕事と言えば「作るだけ作って捨てられる」ということばかりだったので、目の前で確実に胃袋に納めてくれて、しかも美味しいと言ってもらえて、料理人としては胸がときめいてしまう。

彼らは一般の人よりも早食いなのだが、それでもきちんと皆味わって食べてくれているのがわかった。苦しそうに食べている人も、いない。

その中でも、山江が一番美味しそうに、綺麗に食べてくれている。女子二人よりも体が大きいせいもあるのだろうが、一口が大きい。そして、口の中いっぱいに詰め込んでいるはずなのに、汚らしさがない。

口腔内《こうこうない》に好きな食材が入ると、幸せそうにニコッと笑う。高校生のときと変わらないその顔に、つい見入ってしまった。

そう言えば、この顔が好きだったのだ、と思いを馳《は》せ、同時に苦々しい気分になる。

「——由良さん、口めっちゃ開いてますけど」

いつの間にか傍に来ていた進行役のお笑い芸人につっこまれ、嗣巳は慌てて口を押さえた。

その挙動に、スタッフの笑い声が上がる。

しかも、ばっちりカメラも向けられていた。カットされることを祈る。

「どうですか、大食いさんたちの食いっぷりは」

「いや、本当に……すごいです……」

「由良さん、ここ台本では呆れるところですよ。めっちゃときめいちゃってるじゃないですか。なんすかその恍惚《こうこつ》の表情は」

恍惚、という言葉に恥ずかしくなり、顔を伏せる。また笑われてしまった。

そんな会話を交わしている間も、大食いタレントたちの手は止まらない。三十分も経《た》つと、山のようにあった料理がほぼすべてなくなっていた。ときめきに胸が震える。

最初に食べ終わったのは小柄《こがら》な女性で、空《から》になった皿をカメラに向けて「完食でーす」と笑っている。

彼女が食べたのは「ピエロギ」という餃子《ぎょうざ》に似た料理だ。五キロ近くあったそれを載せる皿も勿論《もちろん》重いのだが、顔の辺りまで持ち上げてみせている。

それを追うように、山江が「ごちそうさまでした！」と手を合わせた。山江はシカゴピザのように厚くて大きい、五キロ相当のミートパイの担当だ。

結局、もう一人の女性が時間切れで完食できなかったものの、ほぼ全員が料理を食べきってくれた。

そして開始直後に台本通り「大食いタレントさんたちでも食べきれないと思います」と言わされた嗣巳が「まいりました」と頭を下げ、大食いタレント勝利、というポーズを取って幕を閉じる。

「……はい、お疲れ様でした〜！」

ディレクターの合図とともに、雰囲気が一気に切り替わる。けれどスタッフが撤収《てっしゅう》作業に入り始める中、大食いタレントたちはまだ居残っていた。

片付けはスタッフの仕事なので、あとは帰るばかりだった嗣巳も、どうしたのかと彼らに近づく。

——え。

廃棄されると思っていた残った料理を、三人全員でつつき合いながら食べていた。

最初に山江が嗣巳に気付き「あ、お疲れ」と手を振る。他の面々も「美味しかったですー、お疲れ様です」と声をかけてくれるので、嗣巳も「お疲れ様です」と頭を下げた。

「あの、なにしてるんですか？」

「なにって、さっき食べたのは一人一品だったから皆で味見」

味見というには結構なボリュームがあるのだが、彼らは残り物をそれぞれ三等分にして綺麗に食べきってくれた。

――やばい……ちょー嬉しい……テレビの仕事してて、今が一番嬉しい……！

感激に震えてしまった嗣巳に、小柄な女性タレントが笑った。

「すごい、由良さんが目をきらきらさせている。可愛《かわい》い」

「これは恋に落ちた表情ですな」

そう言いながら、ギブアップしたはずの女性も食べていたので「無理しなくてもいいんですよ」と声をかけると「私、早食いが苦手なんですよ」と苦笑した。

「顎の力が弱くて、咀嚼《そしゃく》が遅いんです。ゆっくり食べればもう少し入るんですけど、今日は時間が決まってたのでギブアップしちゃいました。すみません」

制限時間内に食べきれなかったのが相当悔しいのか、「残すなんて申し訳なく……！」と顔を顰《しか》めている。

「それより、由良さん。さっき私が食べたやつ、レシピ教えてください！」

「あ、いいですよ。結構簡単なんで」

「ほんとですか！　私らみんな動画サイトに大食い動画投稿してるんですけど、私は料理動画も兼ねてるのでそれに使ってもいいですか？　お名前も出させて頂きますんで！」

勿論、と頷き、レシピを送るからと連絡先を交換する。

そういえば、芸能人と連絡先を交換するのは鈴子を除けば初めてだな、と気が付いた。

「嗣巳、俺も俺も！　連絡先教えて！」

挙手をしながら迫《せま》ってくる山江に、嗣巳は思わず身を引いてしまう。

そんな二人の様子に、女性陣が「山江くん、由良さん超引いてる」と言った。

高校卒業後、カナダに留学した嗣巳だったが、八月までは日本にいた。だが、それよりも前に携帯電話を解約している。使っている携帯電話をそのまま持っていく方法もあったけれど、手間と、過去を捨てるような気持ちだったので、留学先で再購入したのだ。

「山江くん、脅しはよくないよ、脅しは」

「脅しじゃないって！　お願いだろ⁉」

「さっき、由良さんのこといじめてたって聞いちゃうとねー……」

山江はいじられ役のようで、そんな遣《や》り取《と》りも彼らの仲のよさを表しているようだ。いいなあ、と思う反面、小さく嫉妬《しっと》してしまっていることに気付く。山江は眉尻を下げて、嗣巳の反応をうかがうように口を開いた。

「あのときは……高校のときは、本当にごめん。俺、調子に乗ってた」

調子に乗っている、というより、まるで人が変わったようだった。優しくて大好きだった友達に、あんな冷たい目で見られ、無視されたり馬鹿にされたりするとは思わなかった。

——俺のこと、どうして嫌いになったの？

その問いの答えは多分、太っている嗣巳のことが恥ずかしくなり、仲が良いと思われたくなかったのだろう。

今から思い返せば、受験でストレスが溜まっていたのかもしれない。十八歳という年齢は、当時の自分たちが考えているよりも子供だ。

嗣巳は、山江が好きだったけれど、嫌いになった。嫌いになったのに、まだ好きだという気持ちが残っていた。好きな人を嫌いになるのは辛くて、そんな辛い思いをさせる山江を忘れたかったのだ。

「あの、だから嗣巳。俺」

「——ごめん、無理」

どうしても受け入れられず、突っぱねた嗣巳に、山江が固まる。

それには少しだけ良心が痛んだものの、やっぱり無理、と頭を振った。

「……山江が、本当に謝ってくれてるのはわかるんだ。でもごめん、今日の今日で、すぐに水には流せない」

二度と話しかけて欲しくない。顔も見たくない。十八歳のときに告げた気持ちは、まだ嗣巳の中に燻《くすぶ》っていた。

ごめん、と重ねれば、女性タレント二人が「まあ、そりゃそうだよね」と頷く。

山江はがっくりと項垂《うなだ》れ、そして勢いよく顔を上げた。

「じゃあ、許してくれなくてもいいから、連絡先だけ教えてくれ。それで、また謝る機会をもらえないか」

「でも」

「頼む。嫌がることはしない！　……もう、しないから、本当に」

躊躇はありながらも、何度も頭を下げられて、むげに断ることはできなくなった。それを「狡《ずる》くない？」と女性タレントたちに突っ込まれながらも、山江は食い下がる。

折れたのは嗣巳のほうで、数年振りに、山江との連絡先を交換する運びとなった。

帰りの電車の中で、携帯電話に入った山江の連絡先を眺める。胸の辺りが苦しくなったが、その原因がなんなのかは判然としない。

それから山江は、一日と置かずに誘ってくるようになった。

会えないか、食事をしないか、電話はできないか——送られてくるメッセージに、嗣巳は必ず目を通し、返信した。

返す言葉はいつも同じで、「ごめん、今忙しい」。

当然返ってくる「じゃあいつなら空《あ》いてる？」という問いには「スケジュールはマネージャーさんが管理してるから、あとで訊いておく」と返した。

本当は基本的にスケジュールは自分で管理している。オフの日を教える気が、そもそもなかった。

このまま躱《かわ》し続《つづ》けていれば、そのうち諦《あきら》めるか飽《あ》きるかするだろう――そんな風に構えていた嗣巳に、けれど山江は別の手段を取ったようだ。

「――いらっしゃい」

「……お邪魔します」

オフィスの入り口で待っていた山江に出迎えられ、嗣巳は頬を引きつらせながら笑顔を作る。

今日訪れたのは都内にある芸能事務所だ。山江のほかに、大食いタレントが数人所属していて、彼らの動画投稿の支援もしているらしい。

その事務所を通じて、嗣巳にオファーが来たのだ。つまり、正攻法で誘っても断られるだけなので、事務所を通すことでどうしても顔を合わせなければいけない状況を作った、ということである。

「道、迷わなかった？」

「いや、全然……」

案内されたのは、事務所の一角にあるキッチンだった。リビングもあるので、見た目は殆どマンションのキッチンのような造りだ。社員が昼休みや泊まり仕事のときなどにも使うらしい。それとは別に、一階には自社のキッチンスタジオがあるそうだ。時折、料理教室として貸しだすこともあるという。

そんな説明を聴きながら、嗣巳は無言で荷物を下ろす。山江は口を閉じ、そして嗣巳の表情をうかがっていた。

「……怒ってるよな？」

「別に、怒ってはないよ。お仕事頂けるのは有り難《あがた》いことだしね」

お仕事、の部分を強調して言えば、山江はわかりやすく萎《しお》れてみせた。

断りにくい、強引な手段を使われたと思う。そして、誘いを躱《かわ》し続《つづ》けていればそのうち諦めるだろう、という自分の予測が外れたことを知った。

勿論、仕事の依頼とはいえ断ることは可能だ。だが、そこまでする気は起きなかった。

「それより、さっさとお仕事しようか」

終わったら即帰ると暗に告げた嗣巳に、山江が落胆《らくたん》の表情を浮かべる。ずきりと胸が痛んだが、気付かないふりをした。

今回は、「コラボ企画」と銘《めい》打《う》った動画の作成だ。高校の同級生だという二人が某番組で再会したので、同じ動画投稿者としてコラボ動画をひとつ作ろうと企画した——という筋書きである。嗣巳が大盛りの料理を作ってそのレシピを紹介し、その出来上がった料理を山江が一人で食べ尽くす、という内容だ。

定点カメラを設置し、既に用意されていた道具や材料を使い、嗣巳が料理をしていく。その間、山江はカメラの死角でずっと嗣巳を眺めていた。

「……嗣巳、今日のメニューは？」

今日のメニューは、アメリカ料理の定番である「スパゲティ・ミートボール」と「フェットチーネ・アルフレッド」の合盛皿と、アップルパイをワンホール。メニューは事前に話し合って決めた。三つの重量を合計すると六・五キロ前後になる計算だ。

「食いきれる？」

自分から話しかけないようにしていた嗣巳が思わずそう問うと、山江は途端に嬉しそうな顔になった。

「六・五キロだろ？　余裕余裕」

余裕なのか、と感心しつつ手を動かす。再び沈黙が落ちる前に、山江が口を開く。

「嗣巳って、結構有名な動画投稿者だったんだな」

「え？　うーん……そこそこ再生数は多いとは思うけど、有名ではないと思う」

それなりに長くやっているので視聴者が増えている、という面はあるだろう。だが山江はテーブルに頬杖をついて、唇を尖らせた。

「今度嗣巳とコラボするって言ったら、大食い仲間から『売名』って言われた……」

「売名？　俺、そんなに利用できるほどのもんじゃないよマジで」

そう言ってから、最近テレビに出ているからかな、と思ったが、よく考えれば山江のほうがテレビ出演回数は多く知名度もあるだろう。

「嘘つけー！　チャンネル登録者、俺の十倍だったぞ」

「え……？　そうなんだ」

最近あまり登録者数なども見なくなっていたので、認知していなかった。

「うーん、でも俺、結構長くやってるし。それに、俺の動画見てくれてるのって、殆ど外国人じゃない？　日本で売名になるかな……？」

正確に割合を確認したことはないのだが、嗣巳の動画を視聴しているうちの恐らく三分の二は日本人ではない。

それぞれ、英語と日本語の字幕をつけていたのだが、日本食ブームの波もあってか後者のほうが見られているようで、視聴する日本人の割合は少な目になっている。コメント欄も、英語のコメントばかりだ。

だが、そんな嗣巳に山江は首を振った。

「動画に国内とか国外とか関係ないから！　それに日本人の登録者だってすごい多いし……俺、『知らなかったの～？』ってめっちゃ馬鹿にされた……」

「いや、そもそも山江が知らないっていう時点で、国内ではそれくらいの知名度なんだと思う」

料理やレシピ動画に興味がなければ、そんなものだろう。嗣巳とて、超有名な投稿者はともかく、そこそこ人気のメイク動画投稿者などは把握《はあく》していない。

別に謙遜《けんそん》ではなく、国内での知名度は本当に大したことはないのだ。寧《むし》ろ、テレビに出演するようになってから増えたくらいのものである。

「ああ、でも、俺の動画見てもわかんなかったかもしれない。首から下しか撮ったことなかったし」

なにせ、今と昔では同一人物とは思えないほど体型が違う。最初の頃の動画を見ると、まだその頃の名残《なごり》があって手がぷくぷくしているが。

しかも、動画では顔を映していなかったので、ブログや動画だけで過去と現在の嗣巳を同一人物だと見破るのは至難の業《わざ》に違いない。

フォローのつもりで言った嗣巳に「わかるよ」と山江は言い返してきた。

「いや、わかんねーだろ」

「わかるって。嗣巳の声聞けば、俺はわかる」

やけにはっきり言い切る山江に、嗣巳は少々戸惑う。

「でも、体型がさ、前と変わったし……」

「体型が変わったって、わかるよ。俺、テレビで初めて嗣巳見たときだって、すぐにわかった。俺が嗣巳を見間違うわけない」

「――」

体型が変わって、「全然わからなかった！」と言われるのは嬉しかった。すれ違っても、声をかけても、嗣巳が「由良嗣巳」だとわかった同級生は今まで一人もいなかった。

なのに「すぐにわかった」と言われることも同じくらい嬉しいのだと、嗣巳は初めて知った。

――後からならなんとでも言えるし、そんなの……。

そう思いながらもなんだか頰が熱くなってきて、誤魔化すように俯《うつむ》く。料理に集中しているふりをしながらちらりと山江を見やると、目が合ってしまった。

「俺さー、とりあえずテレビで初めて嗣巳を見たとき『嗣巳だ！』って思ったからその出演の背景とか全然調べてなかったんだよね……連絡先わかんなくなってたから、いつか会えたらってそればっか思ってて」

「……でも、検索すれば俺のブログとか出てくるけど」

一方的に知られていた気まずさもありつつ、そこまで言うならメールくらいくれればとも思う。もっとも、もし山江からメールが来ていたら、即削除していたかもしれないけれど。

「そうだけど、もし赤の他人だったらやだし。それに、どうせなら直接会いたいし」

妙に意味深な言い方に、また胸がどきんと音を立てる。

「もういい」

これ以上聞いていられなくて、山江を遮った。彼は一瞬目を瞠《みは》り、大人しく口を噤《つぐ》む。

「……山江、ごめん」

嗣巳が謝罪の言葉を口にすると、山江は怪訝《けげん》そうに目を瞬《しばた》いた。

「なんで、嗣巳が。謝りたいのは俺で」

「――まだ、全ての蟠《わだかま》りを解ける自信はない。だから、これ以上『謝りたい』とか『仲良くしたい』とか、そういうこと遠回しに言われるの辛い」

こんな言い方をする必要もないのはわかっていたが、堪《こら》えられそうにない。

山江に嗣巳を責めているつもりはないのだろうが、許せない自分の心が狭いようで、苦しくなる。悪いのは自分の方ではないという頭があるのに、謝られたら許さないといけない気がして辛いのだ。許せるものだったら許したいが、まだできそうになかった。

恐る恐る山江を見ると、彼も「ごめん」と口にする。

「ただ、なんかとにかく嗣巳と話したかっただけなんだ。話しかけてもいい？　作業の邪魔なら黙ってる」

「……いいよ、別に。邪魔じゃないし」

嗣巳の言葉に、山江はほっと息を吐いた。そして、過去に関わるような話ではなく、互いの仕事の話や、テレビ業界の話に移る。

山江は現在、「大食いタレント」として事務所に所属しているが、端整な顔立ちとスタイルの良さもあって雑誌モデルとしての仕事が多く、今はどちらがメインかわからないほどだという。

そして、モデル業よりも動画の広告収入のほうがずっと多いそうだ。

再会したのがテレビ局だったので、それは少し意外な感じがした。けれど、確かにあの「大食いコーナー」も毎週のレギュラーコーナーではないし、あの手の番組に呼ばれるメンバーも毎度同じではないだろう。

「それに、大食いは女性タレントのほうが需要があるんだよね、近年は」

「そういうもんなんだ？」

「そ。大昔の大食い番組は単純に『どれだけ食えるかを競う勝負』だったから必然的に量が食える男のほうがタレント数が多かったけど、今はそうじゃないから」

競うのではなく、「ただひたすら食べる画が必要」という場面になると、女性が起用されやすいという。

つまり、デカ盛りや皿何十枚といった大量の料理を用意して、それを華奢《きゃしゃ》な女の子が食べるほうが絵になるかららしい。

男性が完食しても凄《すご》いには違いないが、それよりもやはり「あんなに細い女の子が！」というほうがギャップがあっていい、ということなのだろう。

「なるほどなー」

「海外では『大食い』はスポーツの一種だろ？　日本にその土壌《どじょう》はないから『大食いタレント』

はいても『プロの大食い』はいないんだよね」

言われてみると、留学していた頃は、そういった早食い、大食い大会などが大きく取り上げられていたのを見たが、日本ではあまり一般的にお目にかからない気もする。

「でも、日本の大食いの人って綺麗に食べるよね。あっちだと結構っていうか、だいぶ汚い人多いのに」

「それは、日本だと汚いとクレームが出るからだと思うよ。俺もわざわざ汚く食べようとは思わないけど、急ぐとやっぱり汚くなりがちだし……まあ、そもそも大食いの仕事がないけど」

地方のイベントに呼ばれることはあっても、テレビではますます活躍《かつやく》の場がなくなっている、と山江が嘆《なげ》く。

思っていたよりも会話が繋《つな》がって、ほっとした。そうこうしているうちに料理が出来上がる。

大皿に、紅白のパスタをなるべく綺麗に盛り付けて、それを山江が動画に撮ったり、写真に撮ったりする。

「ごめん、出来立て食べられなくて」

「あ、ううん。大丈夫。そういうものだってわかってるし」

自分で動画を撮るときも、出来立てをすぐ口にすることは殆どない。

そんなのはもう当たり前のことだろうに、律儀《りちぎ》に謝られて戸惑った。

「よし、テーブルに運ぶかー」

「あ、ちょっと待って。スープも作ったんだ！」

アメリカンなメニューなのでしょうがないのだが、野菜が凄く少ないので、冷蔵庫の余り野菜でコンソメ仕立ての野菜スープを作っておいた。大根、人参、玉ねぎ、ピーマン、シメジを千切りにしたものが入っている。

「おお、美味そう……」

「よし、じゃあ重さを測ったら動画撮影いきますか」

結局、総重量は七・五キロとなった。とても一人で食べきれる量ではない。

こういう場合、食べきれなかったら動画自体がお流れになるのだろうかと思いながら、嗣巳はカメラの横に移動する。

一緒に映ろうと誘われたのだが、視聴側は山江と、彼が食べているところが見たいのだろうし、横に並んで表情が作れる気がしなかったので遠慮《えんりょ》した。

慣れた様子で動画を撮りはじめた山江は、料理を作ったのが嗣巳だとカメラに向かって自慢げに話し始める。

折角紹介されたので、嗣巳は手だけ、カメラの前にひらひらと振った。

「いいでしょ？　実は料理研究家の由良嗣巳さんは高校の同級生だったりします。……じゃあ、いただきまーす！」

ぱちんと手を合わせた山江に、嗣巳はどうぞどうぞと手でジェスチャーをする。山江はふっと吹き出して、嗣巳の作った料理を食べ始めた。

「まずはミートボールから……うまーい！」

大きく丸めたミートボールを一口で食べ、山江が幸せそうな顔をする。料理人として、喜んでもらえるのはやはり嬉しい。そして、山江を見ていたら、高校生のときのことを思い出し、懐しいような切ないような気持ちになる。

山江はそれから二種類のパスタの味の説明などを細かにしたり、「味変」と言って、嗣巳がオススメした調味料などをかけつつ、あっという間に完食した。

スープもケーキも綺麗に食べ、かかった時間は四十分程度だ。高校のときも早かったが、流石にそれを生業としているからだろうか、昔よりもっと早くなっている。

しかも、食い散らかすという感じではなく、とても綺麗に食べてくれた。

「すっごい……」

大量に料理を作るのはやっぱり楽しい。そして、それを目の前で美味しそうに平らげる人を見るのは、楽しいし嬉しいものだ。

あんなに早く帰りたいと思っていたのに現金な話だが、作り手としての幸福を嚙みしめていると、山江がおかしげに笑った。

「嗣巳がすごく引いてる気がする」

「引いてないよ、全然」

「いや、引いていいよ。引くよねそりゃ」

そう言って笑いながら、おいでおいでと手招きする。迷ったが、彼の隣に腰を下ろし、二人で並んで動画の締めの言葉を言って撮影は終わった。

カメラを手に取って内容を確認している山江は、あれだけ食べたのに一切苦しそうではない。だが、流石にお腹はぽっこり出ていた。

「……すげー。本当に全部入ってるんだ」

「うん、頑張れば……というか、もう少し入るかな」

これ以上食えるのか、と目を剝《む》く。そんな嗣巳の反応に、山江は笑った。

「そういう反応、結構気持ちいいなあ」

「あ、ごめん」

「なんで謝るんだよ？　ていうか、留学先だって大食いの人たちいたろ？」

「いたはいたけど……でもびっくりするよ」

量は勿論だが、やはり毎食ハイカロリーなものを摂取《せっしゅ》しているのが常で、そういう人は軒並《のきな》み体も大きかった。それこそ、太っていた嗣巳よりも更に一回り大きいくらいだったのだ。

嗣巳は実際プロの「フードファイター」と呼ばれる人たちを見たことがあるわけではなかったし、細身の人物がこれだけ食べるのを見ると、驚いてしまう。

「大食いタレントさんたちって、痩せてる人多いよね」

「ああ、そうかもな。嘘か本当かわからないけど、太ってると脂肪《しぼう》で胃が圧迫されてあんまり入らないって聞いたことあるな。だから、トップランカーに肥満の人はいないとかなんとか」

意外な情報に、嗣巳は「へえ」と感心してしまった。

「……もしかして、大食いの人って吐いてるのかなって思ってた」

だが、嗣巳が目の前で見た大食いタレントたちは、その後トイレに駆け込んだり、ということはしなかった。つまり、きっちり胃に納めたままでいる、ということなのだろう。

山江は苦笑して「それ、よく言われる」と頷く。

「途中で吐いてると思われないように、大食い動画って大体長回しなんだよね」

つまり動画をカットせずに、最初から最後まで食べるところを見せる、というスタイルだ。

「まあ、それでも『どうせ後で吐いてるくせに』ってコメント付ける人もいるけど」

そもそも、通常の成人の胃の容量は四キロ程度なので、吐こうが吐くまいが、七キロや八キロ、まして十キロなどは胃に入れることもできない。

「食べた後に吐く人もゼロじゃないとは思うけど、俺は吐かないよ。美味しく最後まで頂きます」

「……それでその体型なのは狡くないか?」

平均体重まで落とすのにかなり努力もしたので、つい恨《うら》みがましい声が出てしまう。山江は頭を掻いて「それもよく言われる」と言った。

ただ、考えてみればこれだけ食べて太らないというのは、栄養も行っていないということでもあるのだろう。それはそれで大変な話だ。

そして、気付けば、あんなに塞いだ気持ちでいたはずなのに仲の良い友人のように会話をしてしまっている。

「でも、嗣巳も——」

きっと「前よりすごく痩せた」という話をしようと思ったのだろう。けれど、山江はそのまま口を噤んだ。嗣巳が痩せた原因が、自分の態度から来るものだと思っているのかもしれない。実際それはきっかけのひとつだったが、そればかりでもない。

とはいえ誤解を解く必要もないので、嗣巳は席を立った。

「じゃあ、仕事もしたし、俺はこれで」

「あ……」

エプロンを脱ごうとした嗣巳の手を、山江が摑む。びっくりして見返すと、山江は「あ」と口にして手を離した。そして、勢いよく席を立ち、頭を下げた。

「高校生のとき、無視したり余計なことを言って嗣巳を傷つけて、ごめん」

二人きりになれば、必然的にその話になるのだろうということはわかっていた。だから、避けていたという面もある。

別にもういいよ、と口にするのは簡単だったが、まだ心から言えそうにない言葉を発するのは、非常に辛いものがあった。

「……あのさ」

嗣巳が口を開くと、山江は顔を上げた。

「……俺、高一の時は山江のこと友達だと思ってたんだ。本当に」

声が震える。太っていたことも含めて、自分の中ではとっくに過去になっていたはずのことが、そうではなかったのだと思い知って辛い。

「――でも山江は、太ってる俺と友達だって思われたくなかった？　それとも別のことで俺のこと嫌いになった？　俺、なにかした？」

昔、はっきりと訊くことのできなかった嗣巳の問いに、山江が瞠目《どうもく》した。

山江は顔を顰《しか》め、そしてまるでなにかを思い切るように息を吐く。そして、嗣巳に再度向かい合った。

「俺……、嗣巳のことが好きだった」

けれど返ってきた言葉は嗣巳の期待していたものとは異なった。

その科白を解せず、頭が真っ白になる。

嫌われた理由を訊いたにも関わらず、真逆の答えが返ってくる――つまり、真面目に話す気はないか、誤魔化す気なのだろうと思い、嗣巳は唇を噛んだ。

「それは――」

「俺、嗣巳のことが、恋愛的な意味で好きだった」

畳み掛けられた意外な科白に、嗣巳は思わず目を瞠《みは》った。

「一年生のときに、もしかしてって思って……気のせいじゃなくて、すごく悩んだ」

今まで男に恋愛感情を持ったことがなかったので、山江はひどく混乱した。二年でクラスが分かれたことで、もしかしたらあれは気のせいだったのでは、と思ったが、三年で選択科目の教室が一緒になり、明確に自覚してしまったという。

「でも、恋愛的な意味で好きだってのがバレたら、嗣巳に嫌われると思って——それで、なんかすごい嫌な態度取っちゃって、でもずっと後悔してて」

「え、ちょ……待って？　俺？　あのときの俺、ボールみたいだったよ？　本当に俺の話してる？」

「……だから、嗣巳のことだよ。その頃から嗣巳が好きだった」

信じてもらえないかもしれないけど、と山江が苦笑する。

アメリカの幽霊退治の映画に出てくるマシュマロのキャラクターの如《ごと》き外見だったのだが、それと「恋愛的な意味で好き」というワードが繋《つな》がらない。

「で、デブ専ってこと？」

「……違う」

間の抜けたことを訊いた嗣巳に、山江は頭を振った。

「体型とかは関係ない。瘦せてても太ってても。……俺は、優しくてニコニコしてて、人の悪口言わなくて、料理上手で、その料理食べると嬉しそうに笑う嗣巳が、好きだった。……なんか、甘い匂いがして、いつもドキドキした」

「甘い匂い……？」

お菓子の匂いなのかなんなのか、自分ではよくわからない。思わず袖口《そでぐち》の匂いを嗅《か》ぐと、山江がふっと笑った。

「……だから、進学先が違うってわかったときショックだった。すげえ勝手な話だけど、大学一緒だし、いつでも謝れるって思ってて」

やけに進路を気にしていたのは、そういうことだったのだ。

「……傷つけたり、誤魔化したりしないで、ちゃんと好きだって言えばよかった。ずっと、後悔してた」

「山江」

「子供だったんだ。……子供で、好き勝手傷つけて、心のどこかで、謝れば嗣巳は許してくれるって――許されるなんて、思ってた」

なんと言ったらいいのか、なにから話せばいいのかわからなくて、とにかくひたすら動揺した嗣巳は、結局一言も話せなかった。

まさか両想いだったなんて、夢にも思わなかった。

彼に触れられたところから、熱が上がっていくような気がする。

「本当は、ずっと好きだった。好きなのに、子供過ぎてお前に嫌なこと、たくさんした——ごめん。謝って許してもらえるなんて思ってない。許してくれとも言わない……でも、チャンスをくれないか」

お願いします、と山江は頭を下げた。

「嗣巳の友達になれるところから、チャンスをください。お願いします」

——信じられない。

いろいろな意味で、彼の言葉が信じられず、飲み込めない。

頭を下げたまま微動だにしない山江に、嗣巳は息を吐く。そして、手を差し出した。

山江は微かに顔を上げ、何度も嗣巳の顔と手を見比べる。

「……努力はする。山江次第だけど、俺も、蟠《わだかま》りが残りっぱなしなのは嫌だし」

一度は好きになった相手だ。嫌いなままでいたくはない。時間が解決するのを待つよりも、和解できるようになるほうが建設的だろう。

山江は緊張の面持《おもも》ちで嗣巳の手を握り返してきた。

「……なんか、由良さん最近いいことありました?」

「へっ⁉」

楽屋で、鏡越しにメイクを担当してくれている成井《なりい》に問われ、嗣巳は思わず大声を上げてしまった。

嗣巳の大きなリアクションに、成井が小さく吹き出す。

「焦りすぎ」

「え、あ、いや……別に焦ってはないですけど」

とは言いながらも、頰が火照《ほて》っているのが自分でもわかる。誤魔化すように顔に手を添えた。

「なんですか、急に」

「いや、なんか前より凄く楽しそうだなーっていうのと、あとは単に肌の調子がいいから」

そう言いながら指先で皮膚《ひふ》に触れる。テレビの仕事をするようになってから、幾度《いくど》か世話になっているメイクさんだ。嗣巳自身も把握《はあく》していない、嗣巳の肌を知っている彼にそう言われるとなんだか説得力がある。

——「いいこと」かどうかわからないけど、原因はわかってる。

二人のコラボ動画は意外と好評を得たようで、また是非に、とあちらの事務所からオファーが来た。動画を見たというディレクターから連絡が来て仕事に繋《つな》がったりもした。

近頃は、数回誘われた内の一回は、プライベートで飲みに行くようにもなった。山江は、大切な友人にするように接しながらも、嗣巳への好意を隠さない。

——……複雑、なんだよなあ。

苦手意識はあるのに、仲良くなった頃の山江と重なって、胸がときめくような錯覚《さっかく》も覚える。けれど、また好きになって、冷たく態度を変えられたりしたらと思うと怖い。

——それに、まだちょっと信じきれないっていうか……。

そんなことを考えていて、鏡越しにこちらに視線が向けられていることに気が付いてはっとする。ぷにぷにと指先で嗣巳の頬を摘《つ》まみながら、成井がにやりと笑った。

「怪しい。やっぱなんかあるんだ？」

「……やだな。別にないですよ。単に、テレビの仕事に慣れてきたっていうか……余裕ができただけです。ほんとに」

嗣巳の言い訳に、成井はにやにやしつつ首を傾げた。

「ふーん、そう？　好きな人でもできたのかと思った」

「いやいや、ないですよそんな」

別に恋をしているわけではないと思いつつも、顔がぎこちなく強張った。

「それはそれで寂しいねー」

それ以上追及はせず、成井が化粧水のボトルを手に取った。

――……そんなの、肌の調子でわかるもんなの？　メイクさん怖い。

本当は察しているのでは、と疑心暗鬼になりながら、嗣巳は机の上に置かれていた週刊誌を見るともなしに眺める。

目の前にあるのでなにげなく手に取ったが、ゴシップがメインの女性週刊誌だった。

「あ、その雑誌ね、さっきメイクした女優さんからもらったものなんだー。いらないならください、つって」

「ああ、なるほど。それでこんなところに」

普段、あまり楽屋に雑誌などが置かれていないので珍しいと思っていたのだ。

――わー……すごいなぁ。

どれもこれも下衆《げす》な話だな、と思いつつも、見出しに引きがあって目を通してしまう。さしたる興味がなくてもなんとなく読めてしまうのがすごい。

「ねーねー、由良さん。ちょっと訊いてもいい？」

「はいはい？」

「由良さんってさ、大食いの山江くんと仲いいよね？」

「えっ!?」

話が逸《そ》れたはずなのに、また山江の話に戻ってきたので嗣巳は目を剝いてしまう。

やっぱり察していたのでは――と内心冷や汗をかきながら、成井を見やった。

「……急にどうしたんですか？」

成井は嗣巳の肌にコットンで化粧水を叩きこみながら、眉根を寄せる。

「動画サイトで山江くんと由良さんが一緒に料理してる動画見たから、仲いいんだなって思って」

「あー……なるほど。でも、別に仲良くはないですよ。あれ、仕事なので」

特に意識はしていなかったのだが、二人で撮った動画のコメント欄《らん》には「仲いいね」という文言《もんごん》が結構並んでいた。

動画内では、高校からの同級生である、という話をしていたせいかと思ったが、そういうことではなく遣《や》り取《と》りで仲が良さそうに見えるらしい。

「近いうちに会う予定ってある？」

「ええと、明日……一応会う予定ですけど」

近々、嗣巳はレシピ本を出すことになった。レシピ考案などで試作する際は大量の料理ができる。嗣巳はなるべく試作品も廃棄しない主義なので、今までは全て保存容器に入れてそれを何日かに分けて食べる、ということをしてきた。

そんな話をしたら山江のほうから味見役を申し出てくれたのだ。

「なんですか、急に」

言いながら、彼の真意を探ろうと表情をうかがうと、成井は手を伸ばして嗣巳が手に持っている雑誌に触れた。

「でね、今日この雑誌もらった経緯に繫《つな》がるんだけどさ」

そう言いながら、成井が週刊誌のページを捲《めく》る。これ、と指さされた箇所には、アイドルと山江が並んで写っているページがあって息を飲んだ。

そこには「アイドル、熱愛発覚！」という文字が躍《おど》っている。

「え――」

そのアイドルの隣に立っているのは、紛《まぎ》れもなく山江だった。

ざあっと、頭から血の気が引いていくのがわかる。目の前が、一瞬真っ白になった。

「俺、りなりんのファンだったから凄いショックで……」

りなりん、というのがこの記事のメインであるアイドルのニックネームのようだ。

文字を目で追うのだが、それがまったく頭に入って来ない。

「由良さん、山江くんと仲いいんだよね？　これほんとなの？　そういう話聞いてる？」

「え……いや……、全然、知らなかったです」

なんとかその一言を搾《しぼ》り出《だ》すと、成井は唸《うな》るような声を上げた。

「本当に？　全然聞いてない？　彼女の話とか」

考えてみれば、今も恋愛的な意味で嗣巳が好きだと明言されたわけではない。

――そっか。いないわけないよな。かっこいいし……。

ぼんやりと雑誌に視線を落としていると、成井に肩を揺すられた。

「ねえ。ねえねえ。ちょっと訊いてみてよ、これが本当なのか！　りなりんがまさかとは思うけど！」

この通り、と手を合わせる成井に、嗣巳は困惑する。

「山江の連絡先、成井さんだって知ってるんじゃないですか。自分で聞けばいいじゃないですか」

成井は拝む格好のまま首を振った。

「連絡先は知ってるけど、俺すごく仲いいわけじゃないし。その点友達なら訊けば教えてくれるでしょ！　俺が訊いて本当のこと言ってくれるかわかんないじゃん！」

「いや、本当に仲がよくて信用してくれているのなら、そもそもこんな記事が出る前に彼女がいることを教えてくれると思うんですけど」

知らない時点で、成井と大差がない。もっとも、相手が恋愛御法度《ごはっと》のアイドルだから言えないのは当然だともいえる。

「いいじゃん、訊くだけ！　訊くだけでいいから！」

お願い、と再び手を合わせられ、嗣巳は困り果て、曖昧に頷いた。

翌日、昼の情報番組で放映される予定のＶＴＲの撮影が終わった後、嗣巳は鈴子の実家——時折手伝わせてもらっている洋食店へと出向いた。手土産《てみやげ》に、実家で収穫した大量のジャガイモを持っていく。

どんよりと曇った表情で、嗣巳はクローズの札のかかった店のドアを押した。

「あら、おかえり」

「あ、鈴ちゃん……」

照明の落とされた店内で、鈴子が遅めの昼食を取っているようだった。いつもは派手な化粧をしている彼だが、今日は素顔のままでスカートも穿いていない。

久し振りに、「鈴児」の姿の鈴子を見た。話す口調は変わらないが、化粧を落とすと、涼やかで綺麗な顔の男に戻る。

「もしかして今日、ここ使う？」

レシピの考案や撮影などのとき、鈴子の父であるオーナーの厚意で、店を使わせてもらっていた。確かに今日もその予定だったのだが、と嗣巳は頭を掻く。

「予定、なしになっちゃった」

「なしって、なんで？」

「んー……事務所の都合とか、色々」

成井にりなりんとのことを訊いてほしいと頼まれた後、仕事を終えて携帯電話を確認したら、山江からメッセージが届いていた。内容は「また連絡する」という簡素な一文のみ。はっきりと触れられていなかったが、件《くだん》のゴシップで流石に事務所が山江の活動自粛《じしゅく》の方針で動くのかもしれない。それに伴って、外出も制限されているのではないかと思った。連絡はそれ以降ないので、今日の予定は流れたに違いない。

「え？　予定がなくなっちゃって、落ち込んじゃってるの？」

鈴子の疑問に、嗣巳は頭を振る。

「ううん。それはしょうがないっていうか……ある程度予想してたことだったんだけど」

当然といえば当然のことだった。

けれど、嗣巳が落ち込んでいるのは、結局こんな事態になっても山江からはなんの説明もない、ということだった。

ぽつぽつと心情を話すと、ずっと静かに相槌を打ってくれていた鈴子が「あのさ」と口を開いた。

「つぐが引っかかってるのって、どっちなの？」

じっとこちらを見据《みす》える双眸に、無意識に体が引き気味になる。

「どっちって、なにが？」

「だから、彼女がいたことを話してくれなかったのがショックなの？　それとも、彼女がいたことそのものがショックなの？」

ずばりと切り込まれた科白に、嗣巳は言葉を失った。そして、その顔を見て鈴子が整えられた爪の先を唇にあて、首を傾げる。

「山江って、高三のときにつぐが元気なかった原因でしょ？」

古い話を覚えている鈴子に、頭が真っ白になる。

「……っ、なんで……」

「あら。……もしかして、もう一回恋しちゃった？」

違うともそうだとも言えず、言葉が喉に詰まる。

嗣巳は、自分の恋愛対象が同性だということを、鈴子にすら相談したことがなかった。彼自身が「オネエ」だということを昔から嗣巳は知っていたけれど、高校時代に山江が好きだったことも、再会してから抱いている複雑な想いも、言ったことはない。

ただ、彼の態度が豹変《ひょうへん》したときに、山江の名は出さずに相談をしたことだけはあった。

「違うよ、今は俺」

「やあね、ひどい顔よ」

「どうせ俺はひどい顔だよ……」

「容姿じゃなくて、表情と顔色の話よ」

ほらおいで、と言いながら、鈴子は嗣巳をその広い胸に抱きしめてくれた。

昔、子供の頃、泣き虫だった嗣巳を年上の幼馴染みは、こうしてよく弟にするように慰めてくれたものだ。あのときは少年期特有の甘い香りがしたものだが、今は、大人の女性のような、華《はな》やかな香水が香る。

それでも懐かしくほっとする場所であることは確かで、嗣巳は縋《すが》るように抱き付いた。

「……なんで知ってたの」

「小さいころから兄弟みたいに育ったんだもの。わかるよ。高一で好きな人ができたのも、高三でなにか辛い思いをしたのも」

なんでも知ってるんだな、と嗣巳は笑った。

「——鈴ちゃん、俺ね、怖いんだ。まだ」

好きだったと言ってもらえて嬉しかった。けれど、まだ山江が怖い。また誰かを、山江を好きになるのが怖い。同じように冷たい態度を取られるのではないかと考えると、自分の気持ちさえ受け入れられない。

それなのに、彼が女の子と付き合っているということに、目の前が真っ暗になるほどショックを受けている。

「ねえ、つぐ」

優しく髪を撫でながら、鈴子が呼びかけてくる。

「今日、うちに来てよ。実家《ここ》じゃなくて、あたしのマンションのほう。お料理作って」

これも、小さい頃から変わらぬ「癖《くせ》」のようなものだ。怒っているとき、悲しいとき、マイナスの感情に支配されそうなとき、嗣巳は料理をすることで発散する。

以前はそこに「出来上がったものを食べる」という工程があったため、嗣巳は大きく横に育っていった。

それを知っている鈴子は、ねだる風を装って、ストレス発散の場を提供してくれている。

「……じゃあ、帰りにスーパー寄って帰ろ」

「うん、そうしましょ」

鈴子は、実家の洋食屋の最寄り駅から私鉄で二十分ほどの、池袋《いけぶくろ》にマンションを持っている。彼の家で料理を作るときは安いスーパーではなく、デパートや高級食材の並ぶスーパーなどで材料を買うのだ。

私生活では滅多《めった》に買わないようなものも買ってくれるので、鈴子の家で料理をするのは楽しかったりもする。

「ありがとね、鈴ちゃん」

「なによ改まって。あたしは美味しい料理が食べたかっただけよ」

そんな風に言う鈴子に笑って、嗣巳は腕の中から出ようとした。

同じタイミングで、ドアが開く。

「――あら」

鈴子の声とともに振り返ると、そこには山江が立っていた。

心構えができていなかったので、嗣巳はぎくりと身を強張らせてしまう。

山江は一瞬、驚いたように目を瞠り、それから夕方にも係わらず業界人らしく「おはようございます」と口にした。

「すいません、一応、ノックしたつもりだったんですけど」

「そう、気付かなかった。ていうか、今日はもう来ないのかと思って」

「いえ、嗣巳とここで会う約束してたんで……」

普段、山江は愛想のいいほうなのだが、少々尖った口調で返している。

鈴子はどこか面白《おもしろ》がるような顔をしながら、「あらそう」と微笑んだ。

「今日の約束なしになった、ってつぐが言ってたから」

「いえ、俺はそんなこと言ってません。……ところで、あなた誰ですか」

山江の返しに嗣巳は思わず「えっ」と声を上げた。

撮影場所として提供してもらったこの店が、鈴子の実家であるというのは伝えてあるのに
——そう思い、すぐに鈴子がスッピンであることに思い至る。

「山江、この人が鈴ちゃんだよ。今日は化粧してないけど」

「えっ⁉　あっ、……えっ⁉」

嗣巳の言葉に、山江が大きく目を見開く。

自分はどちらの鈴子も見慣れているが、普段の「鈴子」しか知らない人からすると、「鈴児」

に戻った鈴子をそれと見破るのは難しいのかもしれない。

今は完全オフモードに入っていて、まるで雑誌モデルのような「ただのイケメン」なのだ。

「そうよ～。鈴子でーす。スッピンでごめんね？」

ウインクをして見せる鈴子に、山江は慌てて「失礼しました！」と頭を下げた。

「……ていうか、嗣巳。なんで返事くれないいんだよ。俺その件について連絡してたのに全然既読の文字つかないし」

頭を上げつつそんな文句を言われ、嗣巳は目を瞬く。

「えっ」

そう言えば、テレビ局を出てから一度も携帯電話を確認していない。やっちゃった、と思いながら鈴子を見上げると、鈴子は苦笑して嗣巳の頭を軽く叩いた。

「――ところで、仲いいんですね、二人とも」

山江の指摘に、嗣巳は赤面して鈴子の腕から離れた。

「人前では気を付けてるんだけど、いつもの感じに……」

兄弟のように育った弊害《へいがい》で、嗣巳と鈴子は少しスキンシップ過多なところがあるのだ。二人きりだとつい油断してしまう。鈴子は家族と外国人以外で、唯一距離感が近くても警戒しなくていい存在だ。

血が繋がっていないものの兄同然の鈴子に、二十歳も過ぎて頭を撫でてもらっているところを見られるなんて恥ずかしいことこの上ない。そんな嗣巳の心情を知ってか知らずか、山江は「いつもの？」と重ねて問うてくる。

「いつもの感じ？　いつもそんななの」

「べ……別にいいだろ」

「いや、そこんとこ大事でしょ。いつも二人はそんなに距離感なく仲良しなわけ？　頭撫でたり撫でられたりとかしてるわけ」

「……意地が悪いよ、山江」

甘えん坊だと揶揄われているようで居心地が悪い。勘弁してよ、と言い返せば、山江はなんとも形容しがたい表情になり、口を噤んだ。自分だって昔、スキンシップが激しかったくせに。

会話の途切れるタイミングを待っていたのか、鈴子が「ねえ」と口を挟む。

「あたしらのこと仲いいって言うけど、山江くんのほうがよっぽど仲いいひとがいるんじゃないの？」

「え？」

鈴子の科白に、山江が目を瞬かせる。睫毛が長いので、ぱちぱちと音がしそうだ。

「見たわよ、週刊誌。アイドルとなんて、やるじゃないの」

訊きたいけれど、聞きたくなかった話をずばりと切り込んだ鈴子に、嗣巳は内心ひどく狼狽《ろうばい》していた。

けれど山江は、眉間《みけん》に皺《しわ》を寄せ、大きな溜息を吐く。

「誤解ですよ。誤解っていうか誤報っていうか。あっちも大変なんでしょうけど、俺、本当に迷惑してるんですから！」

苛立《いらだ》ち紛れの否定に、嗣巳は無意識に俯けていた顔を上げる。

「ご、誤解なの？　ウソなの、あれ」

「嘘だよ！　俺、あのアイドルの人と挨拶くらいしかしてないし。そもそもあの写真の日なんて、総勢十何人かの食事会に参加しただけだぞ⁉」

それがうまい具合に切り取られ、まるで二人きりで会っていたかのように編集されていたらしい。

火のないところに煙を立てられてしまった、ということだ。

「じゃあ、あのアイドルと付き合ってるわけじゃ――」

「――ねーよ」

間髪《かんはつ》を容《い》れずに、否定の言葉が返ってくる。

「そもそも俺は今――」

山江はそこまで言って、鈴子の存在に思い至ったらしく言い淀んだ。

「……とにかくもうお互いの事務所が『事実無根』っていう話をマスコミにして、俺も『あれは誤報です』っていう動画、事務所で撮ってきたし。それでちょっと約束の時間より遅れるかもって連絡したのに、嗣巳ー！」

「ごめんって」

実際山江側の被害は甚大《じんだい》で、曰《いわ》く、アイドルと付き合っているという報道のせいで、今まで投稿した動画のコメントは荒れ狂い、ＳＮＳには罵詈雑言《ばりぞうごん》や殺害予告まで書きこまれているそうだ。

事務所の電話も朝から鳴りっぱなしで、個人の携帯電話にも、友人知人から安否を気遣いつつも好奇心にまみれたメッセージがいくつも飛んできて、辟易《へきえき》しているらしい。

「大変だったんだな」

「うん。大変だった。嗣巳に誤解されるし」

妙に意味深な言い方をされて、嗣巳は狼狽しながら鈴子のほうを見る。彼はにっこりと美しい顔で笑みながら頬杖をついていた。

「……じゃあ、取り敢えず今日は予定通りここ使うのね？」

「あ、うん。ごめん鈴ちゃん、約束……」

鈴子のマンションでご飯を作る、という話は流れてしまうことになる。

けれどその提案は嗣巳を慰《なぐさ》める側面が大きかったのだろう。鈴子はあっさりと次の機会に、と言ってくれた。

「じゃあ、あたし上の自宅に引っ込んでるから、なんかあったら言ってね」

「うん。またあとでね」

嗣巳と山江が喋っている間に食事を終えていたらしい鈴子は、そう言って腰を上げた。さっと食器を洗って、厨房の奥にある自宅に続くドアに消えていく。

「――よし、じゃあ始めるか。悪いね、手伝ってもらっちゃって」

「あ、うん」

切り換えるように明るく声を上げ、いつものようにエプロンを着ける。厨房の冷蔵庫に入れさせてもらっていた材料を取り出しながら、嗣巳は山江を振り返った。

鈴子の素顔を見て動揺していた彼を思い出し、小さく笑う。

「鈴ちゃん、全然顔違うだろ?」

「え? ああ……うん、驚いた。素顔だと普通に美形の男の人なんだな、あの人」

「うん。鈴ちゃんはちっちゃい頃からかっこよかったよ。……あ、幼馴染みなんだけどね、俺と鈴ちゃん」

「……そうなんだ?」

そういえば、そんな話をするのはこれが初めてだったかもしれない。

「作ってる間、手持ち無沙汰《ぶさた》だろうから、これどうぞ」

山江の前に、昨日のうちに作っておいた人参のポタージュを出す。鮮やかなオレンジ色のスープを見て、山江の表情が明るくなった。

「なにこれ、うまそう！」

「人参のポタージュ。人参は、うちの畑のなんだ」

人参とブイヨン、牛乳だけで作るシンプルなもので、玉ねぎやバターなどは使わないのだが、ちゃんとこくのある仕上がりになる。

木製のスプーンで掬《すく》い、山江が一口、口に運ぶ。その瞬間に、顔が優しく綻《ほころ》んだ。

「うん、うっまーい！　優しい味がするな、これ」

「おー、よかった」

「でも、ますます腹減ってきた。呼び水になる……」

そんな返事に小さく吹き出して、あっという間に平らげてしまった山江のカップにお代わりを注ぐ。

そして試作品づくりに取り掛かると、山江が手元を覗き込んで来た。

「なに作るの？」

「ああ、前に一緒に撮った動画で作った『フェットチーネ・アルフレッド』と……」

「え、じゃあ結構作り慣れてるやつじゃねえの？　なんで試作？」

「折角だから、もう少し日本人好みでもいいかなって。割と適当にというか、あっちのスタンダードなレシピで作ってたし」

今回の仕事は、山江と撮った動画を見た、主婦雑誌の編集者からのオファーだ。勿論あの動画のままでもいいのだが、折角なのでもう少し日本人好みに改良したレシピにしてはいかがですか、と言われて試作することになった。

そんな話をしたら、山江が「おお」と手を叩く。

「俺の動画結構役に立ったんだ」

「うん、仕事もらっちゃったよ。ありがと」

「確かにあれは、美味しかったもんなぁ」

記憶の味を辿《たど》ってうっとりした表情になる山江に、嗣巳は頬を緩める。

「山江が美味しそうに食べてくれたから、そういう話もきたんだと思うんだよね。俺がいつもみたいにただ料理紹介しただけじゃ、この話来なかったし、絶対」

話を持ってきてくれた編集者も、どうやら山江を目当てに動画を見ているようだったし、動画で嗣巳の素性《すじょう》や仕事を紹介してくれていたからこそ、仕事に繋がったのだと本当に実感していた。

謝辞を伝えたら照れたらしく、山江は「それより試作ってどんな⁉」と話題を転換した。

「飽きが来て申し訳ないと思うんだけど、まずはソースの微調整……というか、色々配合を変えたやつ。それから色々なパスタと組み合わせて相性を探るって感じかな」

「フェットチーネ・アルフレッド」は、その名の通りフェットチーネで作る料理だが、様々な平打ち麺《めん》やスパゲッティ、リングイネなども試してみる予定だ。スーパーなどで買える玉うどんでもいいかもしれない。

ソースも以前はアメリカ風に作ったのだが、オリジナルのイタリア風や、にんにく入りのものなどのバリエーションを試す。

勿論今日はそれだけではなく、他に四品ほど作ってそれぞれのレシピを固める予定だ。

「あ〜、いいよ。俺らそういうの慣れてるし。余裕余裕。しかもちょいちょい味変わるならもっと歓迎」

一皿につき、まともに一人前ずつあるわけではないものの、試作のときは相当な数を作ることになる。しかも今日は六品の料理だ。

だが大食いは、特に競技として参加する場合はとにかく同じ味、同じ料理を延々と食べ続ける。普通は味や胃袋に限界が早々に来るものだが、それが苦ではないと言われると心強い。

「了解。任せろ！」

「頼もしい、よろしく」

そんな軽口を交わしながら、嗣巳はそれぞれの準備をし始める。以前に比べて、自然に話せている自分に気がついた。

宣言通り、山江は試作品を片っ端から平らげていく。きちんと味へのコメントもくれて、嗣巳の用意していたメモに書きつけていった。そして食べ終わったら皿や道具を洗うのも手伝ってくれるので、思った以上に役に立ってくれる。しかも「美味しい」のコメント付きなので、嬉しかった。

コメントのメモをもとに微調整したもので、レシピが完成していく。

食後の紅茶を出し、メモと向かい合っていると、山江が話しかけてきた。

「鈴子さんと仲いいんだな」

「ん？　うん、幼馴染みだから」

さっきも訊かれなかったっけ？　と思いつつ頷く。

「でも、抱き合うって結構なもんじゃね？　海外暮らししてたから、ってんでもないんだろ？」

「あー……うん……」

つい言い淀《よど》んでしまった嗣巳に、山江がすぐさま「やっぱりなんかあんの？」と問うてくる。

なんか、というほどなにかがあるわけではないのだが、嗣巳は苦笑した。

「それは、鈴ちゃんがあの性格っていうのもあるけど、昔俺が太ってたってこともあるかな。よく泣かされてたから、俺」

鈴子の中身が「オネエ」だからというわけではないが、彼は子供の頃から「母性本能」のようなものが強かったのだと思う。

体型のことでいじめられ、陰で鬱々としていた嗣巳を、よく抱きしめてあやしてくれていたのだ。今思えば彼もまだ子供だったのに、まるで母親がするように辛抱強く、よしよしと嗣巳の頭を撫でてくれた。

別に山江を責めたつもりはなかったが、彼は気まずげな顔になる。

「だからさっきも言ったけど、兄弟みたいに育ったから、それで」

「とはいえ、兄弟で抱き合うか？　俺、兄貴と抱き合ったりしねえけど」

言い終わるか終わらないかのうちに、山江の言葉が重なる。やけに深くつっこんでくるなと思いつつ、嗣巳は頰を搔いた。

「なに、妬《や》いてんの？」

そんな冗談を口にした嗣巳に、山江は「うん」と頷いた。まさか首肯《しゅこう》が返るとは思わず、嗣巳は固まる。

「アイドルなんかじゃなくて、嗣巳が好きなんだから、妬くよ」

重なる言葉に、嗣巳は慌てて視線を逸《そ》らした。

「鈴ちゃんの好みのタイプ、俺みたいなのじゃないし。兄弟みたいでそういう目で見られないってこともあるけど、鈴ちゃんの好みは男らしくて筋肉のある人だし」

腹筋は六つ以上に割れているのが望ましい、と言っているのを前に聞いたことがあった。とにかく、彼はいかつくて体の大きなタイプが好きなのだ。そんな相手を組み敷くのが好きらしい。好みは人それぞれである。

「……別に、鈴子さんの好みの話はいいよ」

そう言って、山江はカップをソーサーに置いた。

「あのさ、嗣巳。……俺、嗣巳に昔、散々嫌な思いさせたから信用してほしいなんて虫のいいこと言えないし、信用されてないっていうのはわかってる。でも、もういい大人だし、冗談で『友達から』なんて言わないから」

穏やかな、けれど強い思いを感じさせる口調で、山江が言う。

嗣巳は戸惑い、ペンを持つ手に微かに力が入った。

「嗣巳にそんなこと言っておいて、他の女とどうこうなろうなんて、思ってない。それだけはわかって?」

真剣な声音で告げられ、嗣巳は狼狽《ろうばい》する。

「……うん、わかった」

返した科白は、自分でも驚くほど小さかった。

そして、じわじわと体温が上がっていく。顔が真っ赤になっているのが自分でもわかるくらい、頰が火照《ほて》った。

そんな嗣巳に気がついたのか、山江が微かに笑う。なんだか気恥ずかしくなって、誤魔化すように眉を顰《ひそ》めた。

「あの……、あのさ。山江は俺のこと好きだったたって言ってたけど」

「うん」

即座に肯定されて、再びうっと言葉に詰まってしまう。

「好きだったよ。ガキだった、っていう一言じゃ許してなんてもらえないのも、十分わかってる。もう一度会えたら謝ろうって思ってたのに、嬉しくなって、テンション上がっちゃって、慣れ慣れしくてまた怒らせたけど」

そう言って口を閉じ、きちんと座り直して、山江は頭を下げた。

「あのときは、ごめん。俺の勝手な思いで、嗣巳を傷つけた」

「……いや、うん」

なんと答えたらいいのかわからず、曖昧《あいまい》な返事をしてしまう。

「あのさ……今も、まだ、本当に好きなの？」

思わず訊いてしまった言葉に、山江が顔を上げた。はっとして、嗣巳は口を手で押さえる。

「ご、ごめん。今のなし――」

「好きだよ」

嗣巳が言い終わらないうちに、山江は頷き、席を立った。思わず腰の引けた嗣巳のそばに、山江が近づいてくる。

「あれから何年も経《た》ったけど、傷つけたことをずっと後悔してた。……また会えて、嗣巳と喋れるようになって、やっぱり可愛いし、好きだし、料理は美味いし」

嗣巳が座っているので見下ろす格好になっていた山江は、そう言ってしゃがみこんだ。

自分の心臓が大きく跳ねているのがわかり、嗣巳は思わず胸を押さえる。

「まだ好きだよ。……また、好きになった。テレビで見て、会って一緒にいて、やっぱり好きだ、っていつも、ずっと思ってる」

「山江、あの、俺」

「嗣巳は、男に——俺にこんなこと言われて、嫌じゃない？」

山江の問いに、嗣巳は頬を強張らせる。嗣巳の恋愛対象も、同性だ。だがずっと秘めていたそれを口にすることは難しい。

「……触っても、いい？」

そう言って、山江は嗣巳の手に触れるように、自分の手を伸ばした。けれど、触れる直前で止まる。

嗣巳が許可を出さなければ、触れないつもりなのだろう。嗣巳はぐっと唇を噛み、恐る恐る、自ら山江の手に触れた。指先が触れ合った瞬間、互いに息を飲んだのがわかった。

山江は嗣巳を見上げながら、目を細める。安堵《あんど》したような嬉しそうな表情に、嗣巳はまた己の体温が上がったような気がした。

「……俺の手、荒れてるだろ？　傷とかもあるし」

「料理人の手だろ。かっこいいよ」

照れ隠しで言った言葉に、思った以上の褒め言葉が返ってくる。ますます真っ赤になっているであろう嗣巳の顔を見ながら、山江は触れた手を恭《うやうや》しく引き、額を寄せた。

「っ――！」

反射的に手を引っ込めると、山江は瞬きをし、腰を上げる。

「山江、な、なに、なにして」

「いや、別に。大事な手だなって思って」

それはこちらの問いへの答えになっているのだろうかと口をぱくぱくさせる嗣巳に、山江は「俺、嗣巳の手も好き」と言った。

心臓は先程までよりも早鐘を打ち、嗣巳を困惑させる。そんな嗣巳を察して、山江が笑った。

「なんだよ、さっきは鈴子さんと抱き合ってたのに。そっちのほうがよっぽどだろ？」

「鈴ちゃんと山江じゃ、全然違うし！」

確かに、抱き合うほうがよほど意味深だ。けれど、全然違う。

――鈴ちゃんと、山江じゃ、違う。

そんなことを自覚させられて、嗣巳は顔を押さえて項垂《うなだ》れる。その手には、まだ山江に触れられた感触がはっきりと残っていた。

アイドルとのスキャンダルは、双方《そうほう》が強く「事実無根」と表明したこともあり、すぐに沈静化した。動画は暫《しばら》く撮らないかも、と言っていた山江だったが、すぐに事務所の許可が下り、平常通りに運営している。

あれから、山江は前よりも積極的に嗣巳を遊びに誘うようになった。

そして前よりも優しく、気を遣《つか》うような言動も増えた。まるで、高校一年生の頃に戻ったようでもあり、そのときよりも、もっと優しくもある。

「なあ嗣巳、十二月二十五日、暇《ひま》？」

動画を撮り終わり、片付けをしている最中で突然問われ、嗣巳は首を傾げた。

「……まだ十一月に入ったばっかりなのに、もうクリスマスの話？」

「いや、もしクリスマスに予定入れるなら、早いにこしたことはないじゃん？」

海外では家族で過ごす日だが、日本のクリスマスといえば「恋人たちのための日」という風に浸透してしまっている。

現状では、仕事もプライベートも予定は入っていない。

「一応今のところ予定はないけど……」

「あのさ、大食い仲間で動画撮ろうかって話になってて。生配信なんだけど……よければ嗣巳も一緒にどうかなって」

どきどきしながら答えたのに、返ってきた言葉がそれで、内心思い切り落胆《らくたん》してしまった。

最近の彼の様子から、てっきり誘われるかと思ってしまっていたのが自意識過剰で恥ずかしい。

とはいえ、二人きりではなくても、山江と会う約束ができるのは嬉しかった。

「うん、いいよ」

「よかった！　仲いいなら会わせろってうるっさくてさー」

「会わせろって？」

「大食い仲間が、嗣巳と遊びたいって。沢山プロの料理食えて羨ましいとか、レシピ知りたいとか、そういう」

結構前からせっつかれていたそうなのだが、そんな話は初耳だ。

無視し続けるわけにもいかなくなったらしく、大勢で撮影する現場に呼ぶ、という方向で話が付いたらしい。

「そのときの料理をプロデュースして欲しいんだけど……。今回は事務所から金も出るから、出演料は払うし」

「ああ、うん。いいよ」

「そっか。じゃあそう返事しといていい？」

了承を得るなり、山江はマネージャー相手にメッセージを送っていた。

しかし、大食いタレントが五、六人集まるということで、一体何人前の料理を作ればいいのかと今から心配になってくる。

五十人規模くらいのパーティ料理を用意しなければならないかもしれないと考えを巡《めぐ》らせていると、「あのさ」と声をかけられた。

「それで、相談なんだけど……二十四日は」

「え、前の日？　その日は試作とか下ごしらえとかで一日潰れると思う」

流石に一発本番で作るのは心もとないのでできれば練習したりしたいし、作り置きできるものはしておきたい。

二十五日の予定が入った時点で、二十四日の予定も埋まってしまった。

「うん、だからそれ、俺にも手伝わせてよ。試食も手伝うよ俺」

「本当？　助かる」

イブも、クリスマスも、一緒にいられる。それをどこかで喜んでいる自分に気付いて、嗣巳は咳払いをした。

「でも、試食は二日同じメニュー続くけど？」

「いいよ別に。俺、嗣巳が作るものだったら、何日同じのが続いたっていいもん」

にっこり笑って告げられた山江の言葉に、胸がきゅっと締め付けられる。

最近、こういう言動が増えた山江に、翻弄されている自覚は大いにあった。

「……じゃあ、二十四日だけの特別メニューも作るね。一応イブだし」

「マジで⁉　特別⁉　すっげえ嬉しい！　楽しみにしてる！」

わーいわーい、と子供のように喜ぶ山江に、こちらも嬉しくなる。

山江は本当に食べるのが好きなのだ。それに、「特別メニュー」という言葉もきいたのかもしれない。

「そんなに嬉しい？」

「うん、クリスマスイブに嗣巳と一緒なのが嬉しい」

――だから。……なんでそんなこと簡単に言っちゃうかな、こいつは。

心臓が止まりそうになるのでやめてほしい。

そんな気持ちを押し隠しつつ、嗣巳は努めて冷静に「調子いいな」と返した。

山江はちょっと意地悪そうな表情になり、手を伸ばす。そして、嗣巳の頬に触れた。

「顔真っ赤」

「っ、うるっさいな！」

嗣巳は照れ隠しに、ばしばしと山江の肩を叩いた。それなりに力を入れたせいか、山江は「痛い！　本気で痛い！」と身を捩《よじ》って逃げる。

そして、こんな軽口を言い合えることに嗣巳はほっとした。

「なーなー、来週の水曜日、よかったら一緒にメシ食わない？」

ほぼ準レギュラーのように嗣巳が出演している昼の情報番組と同じテレビ局での仕事が、山江にも入ったらしい。時間帯を訊けば、彼のほうが一時間ほど早く終わるくらいの予定だった。

「うん、じゃあ、当日早く終わったほうが相手の楽屋に行くってことでどう?」

「オッケー。じゃあ、終わったら連絡する」

テレビ局の仕事が時間通りに始まったり終わったりすることは生放送以外ではあまりないので、予定が前後することも勿論ある。甚《はなは》だしく時間がずれそうな場合は中止で、という方向で話がまとまった。


当日、ほぼ時間通りに終わった嗣巳に対し、山江のほうは収録が押してしまっているという連絡が来た。

共演者が売れっ子のアイドルだったので、現場への到着が遅れて時間がずれこんだらしい。ほぼ二時間遅れでスタートしたというので、嗣巳はそのまま楽屋で待つことにした。

楽屋で待ってる、と連絡し、仕事用のメニューを考えながら時間を潰《つぶ》す。数品のメニューを固めたところで、楽屋に置かれている時計をちらりと確認する。

——そろそろ終わる頃かな。

携帯電話を確認してみたが、まだ山江からの連絡はない。もう少しかかるかなと、メニューを書きつけているノートに再び向かい合うと、楽屋のドアがノックされた。返事をする前に、ドアが開く。

「――お疲れ様～。まだいたんだ？」

山江が来たのかと思ったが、顔を覗かせたのは、プロデューサーの梶野だった。

嗣巳が慌てて腰を上げると、「いいからいいから」と言いながらドアを閉める。

一瞬、挨拶を欠いてしまったかと焦ったが、今日は梶野の係わっている番組ではなかったはずだ。わざわざ声をかけてくれるなんてマメなんだなと思いながら、「お疲れ様です」と頭を下げた。

梶野は嗣巳のすぐそばで立ち止まる。相変わらずパーソナルスペースが狭いので、無意識に一歩体を引いてしまった。

「ところでさ」

けれど、すぐにまた距離を詰められてしまった。数歩後退してこれ以上下がるのも失礼かと流石に足を止めたところで、手首を摑まれた。

「ねえ、嗣巳くんさ、今度またうちの番組来てくれない？」

「あ、はい。喜んで。……あの、事務所のほうにご連絡頂ければ」

「うん、それは勿論。でも本人にも言っておいたほうがいいでしょ？」

そう言いながら、梶野のもう一方の手が嗣巳の腰に回ってくる。

「そ、うですね」

驚いて、思わず声が跳ねてしまった。意図がわからず彼の顔を見れば、梶野は相変わらず目を細めている。

「ありがとうございます。……あの」

「ん?」

なにごともないかのような笑顔で首を傾げられ、嗣巳は色々と言いたい言葉を飲み込んだ。

――……これ、セクハラだよね?

普通、恋人でもない相手とこんな接触の仕方はしない。外国人とだって、あり得ない。

ただ、それを指摘したところで「男同士なのになにを言ってるの?」と返される可能性もあった。

それとも、所謂《いわゆる》「ツッコミ待ち」というやつなのか。どう躱《かわ》そうかと考えていると、梶野が先に口を開いた。

「ところで、今日暇?」

「あ、いえ。用事があって……」

「それ、後に回せるでしょ?」

嗣巳の言葉を遮るように、梶野が断定的に問う。自分を優先しろ、という意味合いの科白に、呆気《あっけ》にとられた。

「いや、でも」

「いいだろ、そっちの用事は後にしなよ」

笑顔で柔らかな口調だけれど、とてつもない威圧感《いあつかん》を出されて、嗣巳は惑う。

一応事務所に所属しているが、嗣巳の本業は「芸能人」ではない。こういうとき、もし業界から干《ほ》されたとしても自分は一般人として生きて行けばいいだけの話だから、権力に屈する必要はないのだろう。

だが、事務所に所属している以上、嗣巳一人の問題ではないわけで、そちらに迷惑をかける事態も考えられた。

――こういうとき、どうすればいいか鈴ちゃんに訊いておけばよかったな……参った。

今そんなことを考えても仕方がないので、取り敢えずここをどう切り抜けるかが問題だ。

「あの――」

「失礼しまーす。嗣巳、お待たせー」

ノックと同時に入ってきたのは、山江だった。

梶野は嗣巳の腰から素早く手を離して、「よう」と振り返る。

「あ、梶野さんお疲れ様です！　どうしたんですか？　俺これから嗣巳とメシ食いに行くって約束してたんですけど」

「ああそう。いや、大したことじゃないんだ。じゃあ嗣巳くん、またね」

そう言って、あっさりと梶野が帰っていくので拍子抜けしてしまった。先程まで、あんなに強引だったのに。距離感がおかしいだけで、嗣巳の考え過ぎだったのかもしれない。

梶野がドアを閉めて二人きりになると、小さな沈黙が落ちる。

「お疲れ、山江。ありが——」

「——お前なあ、ちゃんと逃げろよ！　馬鹿か！」

声を潜《ひそ》めたまま怒鳴った山江に、嗣巳は反射的に身を竦める。

いつも通りの、なにげない風を装っていたが、山江は嗣巳がセクハラに遭《あ》っていたことに気付いたらしい。

山江曰《いわ》く、梶野のセクハラは業界でもそれなりに有名らしい。山江はスタッフに「梶野Pが由良先生の楽屋に入っていくのを見たよ」と言われて走って来てくれたそうだ。

「やっぱ、そうなんだ。あれセクハラだったのか」

同性同士で面倒なのは、「同性同士でセクハラもなにもないだろ」という逃げ口上があるところだ。実際、なんの下心もなくて距離感の近い者もゼロではない。

「でも、さっき『そっちの用事は後にしなよ』って言われてすごい焦ったんだけど、山江が来たからかな。引いてくれてよかった」

笑って告げると、山江の顔から血の気が引く。そして山江は溜息を吐いた。

「あっぶねーな！　それマジのやつじゃねえか」

「マジって、マジとそうじゃないのがあるわけ？」

「マジじゃなかったら『三人でメシ』くらい言うだろ⁉　俺が来て慌ててなかったことにして逃げたってことは、他のやつに聞かれちゃまずい誘いだったってことだろうが！」

よくわからないが、思った以上に危険な状況だったようである。

「……それより、今日なに食う？」

気まずい空気を払拭しようと話を変えた嗣巳に、山江は顔を顰めた。

「あのな、メシの話より先にすることがあるだろ」

「一応回避できたからいいだろ、今のところは」

「次があったらどうするんだよ。いつも俺が居合わせるとは限んないだろ」

「大丈夫だって！　いざとなったらどついて逃げるし」

大人しく手籠《てご》めにされる謂《いわ》れはない。

そんなことよりメシだと言おうとしたら、山江は嗣巳の手を乱暴に取り、引き寄せた。

「痛……っ」

「嫌なら嫌って、はっきり言わないと駄目だろ。なにかあったらどうするんだよ」

「だから言うって。それに、なにかってなんだよ。こんなところでなにがあるっていうんだよ」

鍵はかかるけれど、誰が通るかわからない、テレビ局内の楽屋だ。こうしている今でさえも、廊下を行きかう人の気配がひっきりなしにある。

「できるだろ、なんとでも」

「だから大丈夫だって。実際、俺はなんにもされてなかったし――」

なんの問題もない。

そう続けようとした唇を、強引に掌《てのひら》で塞《ふさ》がれた。

「……っ」

咄嗟に逃げた体を抱き竦められ、身動きを封じられる。嗣巳の唇を塞ぐ掌に、山江が顔を重ねた。

掌一枚を挟んだ向こうに山江の顔がある。そう認識した瞬間、山江の顔と手がゆっくりと離れて行った。

「お前、なに……」

「ほら、躱せないくせに」

睨むようにこちらを注視しながら、山江が告げる。

その言葉に、嗣巳はぽかんと口を開けた。そして、すぐに腹の底から苛立ちが湧き上がってくる。

「嗣巳、ぼんやりしすぎだろ。べたべた触られてもいいって言うんなら俺だってこれ以上言わねえけどさ。でもそうじゃないなら自衛しろよ、悠長に構えてないで」

「だから、それは」

「嫌なら嫌って言えよ」

まるで、嗣巳が喜んで触られているような言い方は心外だ。まだ小言を重ねようとする男に、嗣巳の頭の中でぷつりとなにかの切れる音がした。

「……それを、山江が言う？」

高校時代、嗣巳に抱きついてきたり、冗談とはいえ胸に触ったりしたくせに。

暗にそれを匂わせて嫌味を言えば、山江は一瞬言葉に詰まった。

「いや、だからそれは申し訳なかったけど……それとこれとは違うだろ」

「なんで山江が怒るの」

「俺は怒ってるんじゃなくて、嗣巳を心配して」

「そうだな。山江は俺のお肉を触ってたけど、梶野さんは体を触ってるからな」

だが触られるほうにとっては、どちらも大差がないことだ。

そんな思いを込めて返せば、山江が気まずげな顔になる。

「だから、それは悪かったと思ってるし、あれは一回だけで――」

「自分はよくて、プロデューサーは駄目？　それとも、俺は両方に対して『セクハラだ、訴《うった》えてやる』って泣いて喚《わめ》いて抵抗すればよかったわけ？」

嗣巳の突き付けた科白に、山江は悔いる表情を浮かべ、「ごめん」と謝り俯いた。

そんな山江の姿に、溜飲《りゅういん》が下がるどころか、苦い気持ちになるばかりだ。怒りの感情があるのは勿論だけれど、辛い気持ちもある。嗣巳だって、こんなきつい言葉を口にしたいわけではない。好意を持った相手に、こんな言い方をしたいわけではないのに。

「……ごめん、やっぱ駄目だ」

呟いた嗣巳の言葉に、山江は怪訝そうな顔をした。

「嗣巳？」

「俺、また友達からって山江に言われたけど、やっぱりまだ許せてないのかもしれない」

涙が滲《にじ》みそうになり、唇を噛んで堪えた。

好きだったから山江の言動に昔は傷ついたし、こうして今もまた傷つけられる。

「やっぱり無理みたいだ。俺、山江にまた、ひどいこと言うかもしれない」

多少無神経な言い方だったが、今回山江が嗣巳を心配してくれたことには変わりない。そんな友人にひどいことを言っているのかもしれない。そう思うのも確かなのだが、どうしても苛立ちが収まらなくて、嗣巳は乱暴に鞄を手に取る。

「……悪いけど、今日は帰る。一緒にメシ食う気分じゃない」

嗣巳の一言に、山江はなにも言わなかった。けれど、追いかける気配もなかったので、希望を汲《く》んだということなのだろう。

ドアを閉める間際に再び「ごめん」と山江が呟いたような気がしたが、気付かなかった振り

をして嗣巳はそのままドアを閉めた。

テレビ局で言い合いになって以来、山江とは一度も連絡を取り合っていない。

寧《むし》ろ、クリスマスが近づいてきたことで、一緒に動画を撮る予定の大食いタレントの面子《メンツ》との遣り取りのほうが多くなったほどだ。

割と好き勝手に「これが食べたい」「あれを作って欲しい」というリクエストが届き、彼らの事務所とパーティ料理の予算などの打ち合わせを頻繁《ひんぱん》にしている。

そして、年末に向けて俄《にわ》かに忙しくなったこともあって、山江と話す機会が一向に作れなかった。

——……どうしよ。

時間が経過すればするほどタイミングが摑みづらくなっていく。

相変わらず、山江は動画をアップロードしていたので、一方的に彼の近況や最近の姿を目にしてはいるが、生の声も、彼本人にも、一切接していない。

クリスマスになれば、否《いや》が応にも顔を合わせることになる。だが、仲違いする以前にしていたクリスマスイブの約束を、どうするのか。

——喧嘩したままで、どうなるんだろ。……そもそも、イブの約束って、まだ有効なのかなー……？

楽屋でレシピノートを眺めながらうんうんと唸っていると、ドアがノックされた。

「由良さん、お願いしまーす」

アシスタントディレクターに呼ばれ、嗣巳はスタジオに向かい、打ち合わせ通りの場所に立った。

今日は、深夜のバラエティ番組への出演だ。先日番組で一緒になった人気お笑い芸人の津本《つもと》の名前を冠した番組で、そのワンコーナーに「巷《ちまた》で噂《うわさ》のトンデモ料理を作る」というものがあり、そちらの指導員という名のゲストに呼ばれていた。

実際に作るのはメインMCの津本で、嗣巳はその横に立って料理の紹介をする、というだけの役回りである。手元にある台本をチェックしていると、ぞろぞろと出演者がやってきた。

「あ……」

思わず声に出してしまい、口を閉じる。

——なんで山江が!?

今日の出演者の欄にいなかったはずの山江の姿があって、嗣巳はうっすら冷や汗をかいた。

あちらは嗣巳がいることを元々知っていたのか、特段驚いた顔はしていない。

――あれから一度も顔を合わせていなかったのに、なんで不意打ちで、現場で会うかなあ……。

ちらちらと視線を送っていると、いつの間にか傍《かたわ》らに立っていた津本に肩を叩かれた。

「本当は別の大食いの子が来るはずだったんだけど、インフルにかかったらしくて。どうせだから由良さんと仲のいい山江くんにしようかなって思ってさ」

病欠のゲストの穴埋めに山江を呼んだらしい。

「深夜番組のいいところはこういう緩さだよねぇ。顔見知りのほうがやりやすいでしょ?」

そうかもしれませんね、と返しつつも顔が引きつる。普段ならば有り難い話なのだが、今は非常に気まずい。そんな気まずさをよそに撮影が始まり、「今日はどんな料理を紹介してくれるんですか?」と進行役のアナウンサーに話を振られ、嗣巳は台本通りに料理を紹介した。

今日作られる「トンデモ料理」は、メイプルベーコンドーナツ、背脂《せあぶら》のとんかつ風フライ、フライドバターの三種類だ。台本上は嗣巳がそれらの料理を紹介する体《てい》だが、勿論、発案者は嗣巳ではない。

メイプルベーコンドーナツは、アメリカの一部地域で販売されているB級グルメのようなもので、ドーナツの上にメイプルシロップもしくはメイプルクリーム、またはメイプルシュガーをかけ、さらにベーコンがトッピングされた食べ物だ。

背脂のとんかつ風フライは、脂身の塊《かたまり》をとんかつ風に揚《あ》げたもので、レモンと千切りキャベツが添えられている。見た目はとんかつそのものだ。

フライドバターは、その名の通り、バターの塊を串にさし、衣を付けて揚げたものである。昔、「アメリカで流行」などという触れ込みで話題になったそうだが、少なくとも嗣巳は実物を見るのは初めてだ。

美味しい、胸やけする、殺人的カロリー、こんなの美味いわけがない、などと言いながら、出来上がった料理を芸能人たちが食していく。嗣巳も勧められてフライドバターを一口食べたが、「油ですね」とコメントして「じゃあ食わせんなよ、こうなるってわかってただろ！」と笑われた。

いかな大食いといえど、材料が殆ど油で構成されている料理を食べるのは辛いらしく、山江も「量が少なくてもこれは食べられません」と白旗を上げていた。

そこまでは進行通りだったのだが、ゲストのお笑い芸人が「そりゃ太るわけだよ、欧米の人がさ」とコメントしたところで、アナウンサーが「ところで」と嗣巳の方を向いた。

「由良先生はこういう料理、お好きで食べられたりしてたんですか？」

質問の意味が解せず、目を瞬く。

「由良先生、実は今と昔で少し見た目が変わってらっしゃるとお聞きしました」

「え」

まったく台本にない話を振られて、嗣巳は咄嗟に反応できず言葉に詰まる。

「お写真、こちらです」

そう言いながら、アナウンサーがフリップボードをテーブルの下から取り出した。

それを目にした瞬間、頭からざっと血の気が引く感覚があり、嗣巳は立ち尽くす。

そこには、高校時代の自分の写真が引き伸ばされて印刷されていた。

——え……？　なんで？

何事か話しかけられ、どうにか笑顔を作って会話を繋いだが、その間の記憶が吹っ飛んでしまった。

気付いたら収録が終わっていて、楽屋で茫然としていた。

一体自分がなにを喋ったのか、まったく記憶に残っていない。帰り際に、津本から「大丈夫？」と声をかけられたことは覚えているのだが、それになんと返したのかも曖昧だ。山江や他の出演者がどんな顔やリアクションをしていたのかも、覚えていない。

「由良さん、あの、大丈夫ですか」

ぼんやりとしていたところに声をかけられて、はっと顔を上げる。心配そうに立っているマネージャーの姿を見て、楽屋に戻ってきたのだとやっと認識できた。

マネージャーは鈴子の担当でもあり、普段は鈴子に付きっきりだ。今日も同じ局内の鈴子の現場にいたはずだが、いつの間にこちらに来ていたのか。

「ああ、はい……」

胸になにかがつかえているような感覚を、小さく吐いた息で紛らわす。そんな嗣巳に、マネージャーが勢いよく頭を下げた。

「すみません、実は収録直前にあの写真を出すって打診を受けて、間に合いませんでした」

鈴子の現場にいたマネージャーの携帯電話に、メッセージだけが届いていたそうだ。慌てて抗議しようと思ったが、既に収録は始まっていたという。

大丈夫ですよ、気にしないで。そう言いたいのに、口が上手く回らない。

そして、吹っ切ったと、乗り越えたはずだと思っていたコンプレックスを目の前に晒《さら》されると、案外動揺してしまうもののようだ、と他人事《ひとごと》のような感想を抱く。

「大丈夫です。既にネットでちらほら写真が流出しているらしいし」

特に隠していなかったし、口頭で「昔すごく太っていた」とテレビで喋ったことが何度もある。山江の動画でも、そんな話をちらりとしたことがあった。

実際に写真は出さなかったが、いつか流出してもおかしくないとは思っていたのだ。

だが、昔の写真をこうして不意打ちで出されて、頭が真っ白になってしまった。自分でも、そんな風になるなんて思ってもみなかった。

「……梶野Pが発案らしいですけど、僕ちょっと抗議してきますから」

あの人が発端か、と嗣巳は息を吐いた。

「……いいですよ、別に。遅かれ早かれ、皆の目に入るものでしょうし」

「でも」

大丈夫です、と返しながらも、嗣巳は堪《たま》らずに席を立った。

「あの、俺ちょっとお茶買ってきます」

僕が、と申し出るマネージャーを制して、嗣巳はドアノブを捻《ひね》った。

「あ……──」

楽屋を出ると同時に、プロデューサーの梶野と鉢合《はちあ》わせる。迫《せま》られて以来顔を合わせるのが初めてで、思わず身構えてしまった。

「……お疲れ様です」

なんとかそう絞り出して頭を下げると、梶野は相変わらずの調子で「お疲れ〜」とニコニコ笑っていた。

「よかったよー、さっきの！　動揺っぷりが笑いを誘って！」

そう言いながら、嗣巳の腰を撫で、叩く。

「あの、でも俺さっきの写真……聞いてなかったんですけど」

嗣巳の小さな抗議に、梶野は首を傾げた。

「ああ、そうだね。でもとっくにネットでは流出してたんだろ？　ああいうのはさっさとテレビでも出しちゃったほうが印象いいよ？　隠したままだと却《かえ》って変なこと言われちゃうんだから。整形だってそうだよ、隠すからいじられるんだって」

自分は別に整形をしているわけではないし、太っていたのを隠しているつもりもなかった。ただ、出すのなら事前に言って欲しかっただけだ。

「だったら、なにもあんな風に騙し討ちみたいなやり方じゃなくても」

なんとか言い返してみたが、梶野は笑って「そんなのつまんないでしょ」と言った。

「まあ、あの姿見たら、今がよくてもちょっとなーって思う人はいるかもしれないけどね！ 俺も正直、あのレベルの元デブは躊躇するかなー。ま、でも出しておくとあとあと楽だから、いいきっかけになったじゃない。ね？」

まるで感謝しろと言わんばかりに捲《まく》し立《た》てて、じゃあね、と梶野が速足で去っていく。指先が、痺れるように震えた。あまりに無神経な科白に身動きが取れない。

その背中を茫然と見つめていると、背後から「聞いてなかったのか？」と声がかかった。

「……山江」

振り返るとそこに立っていたのは山江で、嗣巳はぐっと唇を噛む。

「なんか、さっき様子おかしかったから。知らなかったの？ 写真のこと」

こくりと頷けば、山江は「そうか」と呟いた。

「……俺も、抗議しに行くよ」

「いいよ。なんか、言っても無駄そうだし……」

「プロデューサーじゃなくて、ディレクターさんとかに相談してみるのも手だって。まだ編集前だし、行ってみよう。言いにくいなら、俺が――」

「いい。……別にもう、気にしてないし」

写真を出さないでくれと頼むのは、自分がまだ過去を気にしているのだと言っているようなものだ。それを間接的に認めたくなくて、引き下がる方を選ぶ。

「嘘つけ」

だが間髪を容れずに否定され、歯噛みする。

「嫌なら嫌って、はっきり言えよ」

またその科白、と嗣巳は眉を寄せた。嫌な気持ちを言うだけで、精神が削《けず》られるということだってある。交渉《こうしょう》して、挙句却下《あげくきゃっか》されるとなったら、心が折れるのは必至だ。

「そうだね。ありがとう。でも平気だから」

にっこりと笑って背を向ける。嗣巳、ともう一度呼ばれたが、振り返らなかった。


一週間後、オンエアされた番組では、ばっちり過去の写真が映されていた。

だが、テレビに映る自分にはそれを気にする様子はなく、にこにこ笑って「そうなんです、変わったでしょ?」と言っていた。記憶が曖昧なので不安だったが、思ったよりも普通に応対できていたようで嗣巳は胸を撫で下ろす。

スタジオの反応も特に悪いものではなく、「どうやって痩せたの?」「努力したんだね」「すごい」「ダイエットレシピ作ったら儲《もう》けられるよ」と好意的なリアクションをとってくれていた。

責任を感じていたらしいマネージャーはネットで色々と検索《けんさく》してくれたらしく、さほど悪印象ではないみたいですよ、と教えてくれた。

「あたしもオネエ仲間から聞かれたわよ。ダイエット方法聞いといてくれって。運動しろって言っといたけど」

嗣巳特製の大根と牛蒡《ごぼう》のポタージュを飲みながら、鈴子が笑う。今日は二人揃って完全にオフの日だったので、嗣巳は鈴子のマンションに遊びに来ていた。

鈴子は洋食屋の息子だというのに自炊するタイプではなく、一人だと食生活が偏《かたよ》りがちになる。だから、手作りのものが食べたいとリクエストされていた。

もっとも、それは建前で、元気のない嗣巳を心配して呼んでくれたのだろう。

「もー、ほんっとオネエからも女子からもすっごい訊かれまくり。あたしがダイエットしたんじゃないっつーの!」

鈴子の科白に、嗣巳は苦笑する。

あの写真を晒《さら》されてからというものの、嗣巳本人宛にも事務所宛にも、その手のオファーは大量に届いていた。書籍監修、テレビ出演、講演会など、多岐《たき》にわたるが、内容は全てダイエットだ。

「……でも、正直なところ、困るんだよね。別に新味のあるダイエットして痩せたわけじゃないもん、俺」

「うん、まあ地道で王道なダイエットよね」

嗣巳が世話になったホストファミリーが、過度な健康志向の家庭だったのだ。

今でも彼らとは連絡を取り合っていて、とても大好きな第二の家族なのだが、その生活は最初は本当に地獄《じごく》のようだった。

彼らに「故郷で失恋をした」という話をしたら大いに慰めてくれた。そして「体型を揶揄われて」と言うと、まるで自分のことのように怒ってくれた。「今よりもっと素敵になって見返してやろうぜ！」と肩を組んできたのは、ホストファザーかホストブラザーか、あるいは両方だったような気もする。

「まずは軽い運動からだな！」と言われて、飼い犬の散歩を任命されたのだ。

「ティムの散歩が、本当に地獄だった……」

犬の散歩と言ったら軽い運動を想像するだろうが、その家で飼っていたのがニューファンドランドという超大型犬で、ティムと名付けられた彼らの愛犬は、体重七十キロもあり、一日二回、二時間の散歩を必要とした。

不幸中の幸いと言えるのは、元々穏やかな犬種であることと、九歳というおじいちゃん犬だったので、さほど走らずに済んだことだ。

とはいえ、早歩きで二時間の散歩を朝夕二回、というのは結構な運動量で、最初の頃は疲労と筋肉痛でへとへとになってしまった。

そして筋トレが趣味のホストファザーとホストブラザーの食卓に上がるのが、サラダ、ささみ、プロテイン、ヨーグルト。嗣巳にも同じものが用意され、その単調さも最初は辛かった。勿論毎日毎食ではなく、週に一回、所謂『チートデイ』と言われるカロリーが高めの食事をとる日もあった。ところが、日々の食事で胃が小さくなって然程《さほど》入らなくなっており、そんな生活を続けていたら次第に痩せて行った、というわけだ。

だがそれを正直に言ったところで、「商売」になりはしない。

別に実際にダイエット中に食べた料理でなくても、本を出せば勝手に誤解してくれるからいいじゃないか、というのが事務所の方針らしく、それも悩みどころだ。

「過食嘔吐《おうと》とか、胃のバイパス手術をアメリカで受けてきたんだとか無茶苦茶言われてるんだよねー。だから本当のこと言っても信じてもらえないだろうな」

「まあ、信じない人になにを言ったって、無知論証みたいなもんでさ、どうせ信じないもの。一旦《いったん》否定して、あとはむきにならないのがいいかもね」

「うん、そうする。ねえ鈴ちゃん、明日の分の料理の仕込みもしておこうか？」

「あ、嬉しい。冷蔵庫にあるものなんでも使って」

わかった、と返事をしてあるもので料理を始める。

無心に手を動かしていると、鈴子が口を開いた。

「ねえ、つぐ。あの大食いの山江と連絡取ってる？」

「……なんで？」

唐突に切り込まれて、一瞬詰まってしまった。

「この間までせっせと会ってたくせに。ここんとこ全然じゃないの」

よく見ているものだと感心しつつ、嗣巳は頭を振った。

「せっせとってほどじゃないよ。それに、あっちも忙しいみたいだから。年末だし」

定期的に入っている仕事もあるし、大食いイベントなどにも積極的に参加しているようなので、彼が忙しいのは本当のことだ。

前回の収録で会ったきり仕事も重なっていないので、まったく顔を合わせていないし連絡も取っていない。

「それに、クリスマスには生放送の配信するからみんなで会うし」

「つぐ、あんたさ」

「いいから、俺の話は。それより、明日の分のメニューなんだけど、タンドリーチキンとか

「……――」

どうかな、と顔を上げた瞬間に、ふっと目の前が真っ白になった。

気が付いたら床に膝をついていて、鈴子に肩を支えられている。どうしたの急に、大丈夫だよ、と言いたいのに声が出ない。

高音の耳鳴りとともに、やっと鈴子の声が耳殻《じかく》に響いてきた。

「ちょっと、救急車呼ぶ⁉」

「だ、大丈夫……少し立ちくらみしただけだから」

救急車なんて呼ばないでと口にしたところまでは覚えているが、嗣巳の意識はそこで途絶えた。


額を撫でられる感触で、嗣巳は目を覚ます。ぼんやりと見上げた天井は、鈴子の部屋のものだった。

――ええと……？

一瞬なぜ鈴子の部屋のベッドで寝ているのかがわからなくて、嗣巳は目を強く瞑《つぶ》る。

「――あ、ごめん。起こした？」

目の前に、ばっちりメイクを施《ほどこ》した鈴子の顔があって、嗣巳は瞬きをした。

「……鈴ちゃん？　仕事は？」

「今終わったとこ。大丈夫？　熱は下がったみたいだけど、気分はどう？」

「ん、大丈夫……だと思う」

「顔色、真っ白よ。大丈夫？　食欲ある？」

「えっと……今、何時？」

嗣巳の問いに、鈴子は携帯電話の待ち受け画面を見せてくれた。もう夕方のようだ。

「喉渇《かわ》いてない？」

「えっと、うん。少し」

「スープ作ったから飲まない？　食欲ないかもしれないけど」

「うん……もらう」

わかった、と言って鈴子がキッチンへと足を向ける。

ミネラルウォーターと一緒に、温かいスープを手渡される。大き目のマグカップに、木製のスプーンが添えられていた。

大根おろしと生姜《しょうが》のスープは飲みやすく、食欲はなかったがするすると口の中に入っていく。

普段料理をしない鈴子だが、別に下手《へた》ではないのだ。

なんとか完食し、言われるままに解熱剤を口にした。

「最近眠れてなかったんでしょ？　寝不足と風邪のダブルパンチだって、お医者さんが。あとこの薬、少し眠くなるって」

「そうなんだ……もう眠い」

なんだか、喋るだけでも疲れてしまう。熱のせいか、頭がぼんやりしていて、薬が効こうが効くまいが、既に眠ってしまいそうだった。

そんな嗣巳を察して、片付けてくると言い置いて、鈴子は嗣巳を再び寝かせてキッチンへ戻った。身を横たえると、体がぎしぎしと軋《きし》むような感じが襲ってくる。

「なんか……体がおかしい」

「そりゃそうよ。あんた高熱出してずっと寝てたんだから。もう三日くらい経《た》ってるよ」

「三日⁉　俺そんなに鈴ちゃんのベッド占領してたの⁉」

ごめん、と頭を下げれば、鈴子は客間で寝たから大丈夫だと言ってくれた。

「何回か起こして着替えさせたけど……覚えてない？」

朧《おぼろ》げに、トイレや喉の渇きで何度か起きた記憶はあるのだが、時間の感覚がまったくなく、色々と曖昧だ。

「あ、そうそう。プリンあるわよ。食べる？」

「え、あ、うん……もらう」

結構お腹いっぱいだったのだが、甘いものは別腹だ。鈴子はもう一度キッチンに向かい、プラスチックカップの容器に入ったプリンとスプーンをもってきてくれた。

「あ！　これ大好き！」

プリンは、嗣巳の大好きな「とろとろ杏仁プリン」だった。留学中は、何度かこれが食べたくてしょうがないときがあった。

やわらかな白いプリンを掬《すく》って、口の中に入れる。杏仁霜《あんにんそう》のいい香りが、ふわりと鼻に抜けた。舌の上でふるふると震えるプリンの甘みが、体に染みる。喉を通って溶けていくのが心地よい。

ゆっくりと食べ終えて、小さく息を吐く。

「ありがと、鈴ちゃん。ごちそうさまでした」

「はいはい、どうも。食べ終わったなら片付けるわね」

既に自分の分を食べ終えていた鈴子は、空になった容器をキッチンへと持っていく。

戻ってくるなり「そうそう」と手を叩いた。

「山江くん、クレームつけたらしいわよ。梶野さんに」

「え」

思わぬ話題に、嗣巳は瞠目した。

「あの人も悪い意味で昔のテレビマンぽいしね。つぐのことだけじゃなくても、そのうちクレームだけじゃ済まなくなりそう」

どうせあの番組で画像を出さなかったところで、もうネットで嗣巳の過去の画像は広がっている。だったら、自らテレビで出したほうが潔い、という梶野の言い分に対して、ならば、騙《だま》し討《う》ちで出す必要はなかった、せめて嗣巳に許可をとってから出すべきだったのではないか、嗣巳がショックを受けて驚いた顔を狙うやり方はよくない、と抗議したそうだ。

「そ……そんなこと言っていいの？　大丈夫なのそれって⁉」

気遣いは嬉しいが、それで心証を悪くして彼の仕事が減るのでは困る。

慌てる嗣巳に、鈴子は目を細める。

「大丈夫。ほら、あのときＭＣの津本さんがいたでしょ。あの人とご飯しながら訴《うった》えたらしいわよ」

彼は「大食い」というジャンルのファンで、もともと山江と仲がいいらしい。

思い返すと、確かに津本は、あのあと嗣巳の様子を気にかけてくれていた。

「本当は一対一で訴えようとしたのを、津本さんに止められたんですって。売れっ子芸人の津本さんがメインで苦言を呈《てい》して、山江くんも友達として言わせてもらうって形をとったそうよ」

プロデューサーと芸能人に、どれくらい発言力や力関係の差があるかはわからないし、言ってくれたからといってなにかが変わるわけでもないだろうが、津本の優しさが有り難く、あとでお礼を言わなければと思う。そして山江が自分のために行動してくれた、という事実が嬉しかった。

――現金かな、俺。

けれど、やっぱり嬉しい。

「あーそうそう。嗣巳がさっき食べた杏仁プリン、山江くんからの差し入れよ」

「えっ⁉」

てっきり、鈴子が買ってきてくれたものだと思っていて、特に疑問も持たなかった。

「な、なんで山江が?」

「局でたまたま会ったのよ。嗣巳のこと訊かれたから、体調悪くて寝込んでるって教えてあげたの」

そんな話を聞いて、わざわざ局の外へ行ってコンビニで買って来てくれたそうだ。

「自分で渡せって意地悪言おうと思ったけど、収録で遅くなるっていうし、嗣巳も寝込んでるとこ見られたくないでしょ」

「う……はい」

一応、お礼言っておきなさいよ、と鈴子に背中を叩かれる。

なんだか熱が上がったような気がして、嗣巳は複雑な気持ちを抱えつつ、再びベッドに倒れ込んだ。

体調不良の間は、仕事も休ませてもらい、ようやく体調が戻った頃には、約束のクリスマスイブ当日になってしまった。

その間に、二十五日に集まる予定の大食いタレントからはお見舞いのメッセージや、当日は大丈夫そうかどうかの打診が何度も来ていた。

それにひとつひとつ、ご心配ありがとうございます、当日は問題ないです、と返信したものの、気になっていたのは山江からのメッセージだ。

山江からは一度だけ「体調はどう？」という連絡がきたきりだった。だからなんとなく嗣巳からは言い出しにくく、杏仁プリンの礼を言うに留まってしまったのだ。それについての返事はなかった。

そのせいか、皆で集まる二十五日の話も、二人で会う約束をしていた二十四日の話も、しそびれたままだ。現実逃避するようにメニュー作りに試行錯誤《さくご》してしまった。

テレビ撮影以外にも仕事は多く、二十五日のメニューを決定するまでにも時間がかかってしまい、材料を揃える手配もあるため、この数日間は結構てんやわんやだった。

事務所からのオーダーは「大きくて見栄えのするパーティ料理」ということだったが、予算と相談しながら材料のオーダーをかけなければならず、結局ぎりぎりまで悩む羽目になった。

ケーキは今晩のうちに作る予定である。ホールケーキを何種類も用意するか、ウェディングケーキのように重ねたものにするか、ここに来ていまだに思案中だ。見栄えの点ではどちらに軍配があがるだろう。

「おはようございまーす……」

都内にある、大食いタレントが所属する事務所のビルに顔を出す。受付の電話を取ると、すぐに女性社員がやってきて、案内してくれた。

話はちゃんと通っていて、キッチンスタジオは二十四、二十五日の両日借りることになっていた。そして山江の姿はない。

「お帰りの際は、事務所に鍵《かぎ》をお返しください。もし日付を越えそうな場合は、そのまま持ってて頂いて大丈夫ですのでー」

「わかりました。泊まり仕事にはならないと思いますけど、そのときは鍵はこのままお借りしてますね」

「由良さんも、折角のイブに大変ですね。じゃあ、なにかあったらお声がけください」

頼んでいた生鮮食材はもう冷蔵庫に入っている、という旨《むね》を伝えて、女性社員が退室しようとする。

あ、と嗣巳は呼び止めてしまった。

「あの……今日ってタレントさんが来たりとかしますか？　あの、大食いの」

山江の名前は出さずについそんな風に聞いた嗣巳に、女性は首を傾げた。

「明日はともかく今日はどうかなあ……誰かに用事ですか？」

「あ、いえ。なんとなく」

正月特番などの撮影が入っているタレントがいる、という情報を伝えて、女性は仕事に戻っていった。

彼女が山江について言及しなかったのは、当然来ると思っているから敢《あ》えて言わなかったのか、それとも山江が来る予定がないからなのか。

はっきり山江は来ますか、と訊ねればよかったと後悔する。

——……仕事しよ。

本当は、今日にいたる前までに山江を捕まえて色々と話したいところだったが、師走《しわす》は忙しいのだ。

——山江、来るのかな。……でも、しばらく連絡もしてないし、来ない、かな。

嗣巳はエプロンを着け、腕を捲った。一応、持参したカメラも設置する。

購入してもらった材料を使い、明日の本番より少量で——一人分のサイズで料理を作っていく。試作の味がよければ、作り置きのできるものは今日のうちに作ってしまう算段だった。

日が暮れる頃には、ある程度の料理は作り終わり、テーブルの上には様々な料理が並んでいた。

——……それぞれ一人分とはいえ、とんでもない量になった……。

一口ずつ味見をし、微調整の必要なものをメモに書きつけていく。

育ち盛りの頃ならば余裕で全部平らげていただろうが、今の嗣巳の胃袋では不可能に近い。

ただでさえ気分が落ちていて食欲が減退しているので、一口ずつで既に相当な満腹感があった。

普段ならばもう少しいけるはずなのに、もう口の中に入っていかない。

——一人で食べるものじゃないな、こんなの……。

クリスマスに特別な思い入れなどないし、一人で過ごすのも初めてではない。

けれど、ここに来る途中も、恋人同士や家族で過ごしている人たちを見たり、華やかに装飾されている街並みを見たりしていたら、少し寂しくなってしまった。そんな状況で一人きりでパーティ料理を食べるのは、非常に空《むな》しい。

——……ケーキもな。あんなの作っちゃったから余計に……。

もやもやした気持ちを振り払おうと没頭し気合いを入れて作ったケーキは、ウエディングケーキのような三段重ねの生ケーキだ。苺《いちご》をふんだんに使い、ロシアンノズルで花のようなクリームを作ってデコレーションしてある。大小さまざまなアラザンをちりばめて、まるでドレスのような仕上がりにした。

——それを、独り身の男が一人きりでイブに作る空しさったらない。

明日になれば人が集まってくるとはいえ、孤独な作業に嗣巳は萎れる。そして、腹も立ってきた。

本当ならばここに来てくれる約束をしていたはずの男は、やっぱり姿を見せない。

無理だと突っぱねたのは嗣巳だったけど、約束をすっぽかされて腹も立つけれど、山江がいないことに、こんなに辛い気持ちになっている。

「……山江の、嘘つき」

——気まずくたっていいよ。来いよ、馬鹿。

二日連続で同じものばかりでも可哀想だと、ちゃんと特別メニューも用意していたというのに。——山江が好きだと言った、チョコレートケーキを。

今日、来るかどうかもわからない男のために作ったケーキは、冷蔵庫にしまってある。なんとなく、それを取って置くのが未練がましいような気がして、嗣巳は腰を上げた。

「……いいや、もう。俺が食べよう。さっさと片付けて帰ろう」

けれど、一言言ってやらないと気が済まなくなって、嗣巳は携帯電話で数種類の試作品を撮影した。

そしてそれを、山江に送る。

『約束破るなよ、嘘つき。一人で食ってまた太ってやる。それでも残ったら、この料理みんな廃棄だ！』

そんなメッセージを送って、嗣巳は携帯電話を鞄の中につっこんだ。

腰を据えて、試作品に向かい合う。ほうれん草とミートソースのグラタンを、口に運んだ。

だが、たったひとくちで苦しくなる。

メニューを考えていたときは、山江に喜んでもらえるだろうか、とどきどきしていたな、と過去の自分を懐古した。

廃棄だ、なんてメッセージを送ったものの、性分的に食べ物を捨てるのは忍びない。けれど、どうしても食べきれる気がしなくて、やっぱり無理だとスプーンを置く。

ぐっと涙が込み上げてきたような気がして、嗣巳は慌てて頭を振った。

グラタン皿を持って、ラップをかけようとキッチンへと向かう。

「――嗣巳！」

ばたん、と大きな音を立ててキッチンスタジオのドアが開いた。そこに立っていた男の姿に、嗣巳は目を丸くする。

「や……山江？」

「捨てるなよ勿体《もったい》ない！　俺が食う！」

そう言うなり、山江は嗣巳の手からグラタン皿を奪い、キッチンのシンク横に置いてあったスプーンで、一口ごとに「美味い！」と言いながらあっという間にグラタンを平らげてしまった。

ごちそうさま、と律儀《りちぎ》に言うもので、嗣巳もおそまつさま、と返す。

「……どうだった？」

「美味い。ミートソースの挽肉《ひきにく》が粗目《あらめ》で食い応えあって超好き。ホワイトソースも入ってて得した気分。チーズの焼き目も最高。けどほうれん草はもう少し小さいほうが食いやすいと思う」

「そっか、じゃあ刻むか……」

お浸《ひた》しにするくらいの長さだったので、改良が必要そうだ。そう考えていると、山江が「いや、違う」と思考を遮った。

「そうじゃなくて……あの、嗣巳」

「そうじゃないのは山江だろ。イブに会うって、協力するって言ったくせに。嘘つき」

とは言うものの、一瞬で現れたところを見ると、実はずっと近くにいたのではないかと思う。

山江は、ぐっと唇を引き結び、項垂《うなだ》れた。

「……ごめん、ずっと外にいました」

「外って」

「外っていうか、廊下に。……で、嗣巳が料理してるとこずっと見てました、すいません」

だったらさっさと入ってくればいいのに、という文句を飲み込む。

一ヵ月以上連絡が途絶えていて、山江にも躊躇があったのだろう。嗣巳だって、連絡しにくかったし、会いに行くのだって難しかった。

でも、ちゃんと約束を守って、ここに来てくれたのだ。

「ていうか、捨てるなよ勿体ない！」

嗣巳はラップをかけてしまうつもりだったのだが、「廃棄してやる」というメッセージを見たあとの山江からすると、シンクに料理をぶちまけに行くように見えたのかもしれない。

そんな早合点で、乗り込んで来たというわけだ。

「別に、捨てようと思ったわけじゃ……」

「ていうか、もうちょっと頑張って食ってくれよ。そんで、もっと太ったほうがいいって。前より痩せたよ、嗣巳」

「……は？」

唐突な科白に、己の声が自然と尖る。

実際、この一ヵ月は体調不良と多忙が重なったせいで、少し痩せたかもしれない。

けれど、「太れ」という科白に、眉根が寄る。

「……太ったら、また馬鹿にするんだろ」

嗣巳の返しに、山江が気まずげな顔になる。

「いや、そうじゃなくて、嗣巳が前より痩せたからだよ。俺は別に、嗣巳を馬鹿になんか」

「――しただろ？　ずっと、してたじゃないか」

もう気にしていないと、克服したと思っていたはずなのに、卑屈な心がここで顔を出す。このところネット上で好き勝手言われていたことがストレスになっていたことと、やはり、体が弱っていたから気持ちもそれに伴って弱っていたのかもしれない。

「お腹とか腕とか首とか胸とかぷにぷにだって言って触って、デブだって言った。確かにそうだよ、俺はデブだったよ。でもまた太れって？　それでまた嫌われて、無視されんの？」

まるで恨み言のようにつらつらと口から零れる言葉に、自分でも嫌になる。太っていた頃から好きだったと山江は言ってくれたけど、まだ蟠ったまま、信じきれない。

「もう……お前に嗤《わら》われたくない……」

言っているうちに、高校時代、山江に恋をしていたときのことを――そのときの辛かった気持ちが蘇り、涙が滲んだ。

「嗣巳」

ぽろぽろと床の上に音を立てて落ちる嗣巳の涙を、山江が拭《ぬぐ》う。思わず彼の顔を見返すと、なにかを堪えるような、複雑な表情を浮かべていた。

「……もっと言って。それで俺、もっとちゃんと反省するから」

「っ……」

「許してくれなくていいんだ。嗣巳がずっと許せなかったこと、許せないこと、ちゃんと全部言って」

その言葉で、堰を切ったように自分が傷ついた過去のことが零れていく。

何度も同じことを言って、時系列がバラバラになっても、山江は黙って聞いて、言葉が途切れたときに「悪かった」「ごめん」と謝罪を口にした。

もう散々言い尽くし、しゃくりあげる嗣巳の目元を山江が拭う。

「でも俺、嗣巳にデブなんて言ってないよ」

「……っ、嘘だ、言った」

「言ってない。……そういう風に聞こえるようなこと、言ったかもしれないけど、俺は昔からお前のことデブだなんて言ったことないはずだ」

断定的に言われ、思わず怯《ひる》んでしまう。確かに、「ぷよぷよ」「嵩張る」とは言われたが「デブ」という直接的な文言を山江からぶつけられたことはないかもしれない。

「……でも、言ったも同然だろ。調理師になりたいって言ったら、厨房で邪魔になるって。だからやめろって」

太っていたのは事実だ。けれど、嗣巳の夢ごと否定するような言い方をされたから、それを言ったのが山江だったから、単純な悪口よりもっとずっと傷付いたのだ。

「それは」

触れていた山江の手が、軽く頬を摘んでくる。指で優しく挟むその感触に、脂肪を摘まれたときのことが蘇ってきて、嗣巳は反射的に身を引いた。

その挙動に、山江がざっくりと傷ついた顔をする。言い訳するより早く、山江が視線を伏せた。

「あのとき、嗣巳が料理人になりたいから大学行かないかもって話してて、すごく焦った。だからどうしても軌道修正してほしくて、でもそんな風に素直になんて言えなくて、ひどい言い方した。……ごめん」

当時の自分には、傷つけるようなことしか言えなかったのだと山江が頭を下げる。以前にも聞いた弁明に、嗣巳は口を噤む。

「……梶野さんのセクハラのときも、もうガキじゃないのに、嫌な言い方してまた嗣巳を傷つけた。ごめん」

「でも、それは俺を心配して言ってくれてたんだし」

そう言いながらも、嗣巳はやっぱり山江の言葉に傷ついて腹を立て、突っぱねてしまった。そうして突き放したのは自分自身なのに、会えないのが寂しくて、約束のイブの日に山江が姿を見せないことに落ち込んでいるのでは世話がない。

顔を上げた山江が、首を横に振った。

「心配だけど、嫉妬もしてたんだ。小さい男なんだ、俺は今も昔も」

「山江」

「もう一度、好きになるのを許してほしい。同じ気持ちを返してくれなくていいんだ。でも……信じて、欲しいんだ。俺が嗣巳を好きだって、信じて欲しい。もし今度同じことをしたら、そのときはもう二度と嗣巳の前に現れないから」

真剣な双眸《そうぼう》に見下ろされ、嗣巳はこくりと唾《つば》を飲む。また傷つけられるかも知れない。けれど、山江を拒むこともできそうにない。まだ、どこか怖いと思う気持ちはあるけれど、好意を持った相手に言われて信じたいと思ってしまう。

「――一回だけ、だから」

消え入りそうな声で、なんとかつぶやく。けれどちゃんとその言葉を拾ったらしく、山江が目を瞠った。

「こ……今度また同じ感じになったら、もう駄目だから。次は、ないから」

しどろもどろになりながら、可愛くない科白を吐いてしまう。けれど山江は、ぱあっと喜色を浮かべた。

「嗣巳」

「――俺」

嗣巳の硬い声音に、山江がこちらに伸ばしかけていた手が強張《こわば》る。嗣巳は小さく深呼吸し、山江の顔を見据《みす》えた。

「俺も、俺だって好きだったよ」

山江の双眸《そうぼう》が、大きく見開く。

「本当は山江のことが……好きで。ほんとに好きだったから、山江の言ったこととか態度とかにいつも、ずっと傷ついてて」

高校生の頃、伝えることのできなかった言葉が溢《あふ》れてくる。喉の奥から涙が込み上げてきて声が上ずりながらも、嗣巳は懸命に言い募《つの》った。

「でも、それでも山江のことが、友達の好きよりももっと、好きで」

「嗣巳、それ……本当？」

「っ、嘘でこんなこと言うわけないだろ……！」

馬鹿、と泣きながら告げた瞬間、抱きすくめられた。

山江の広い胸から、大きく速い鼓動が伝わってくる。苦しいくらいに嗣巳を抱きしめる山江は、少し震えていた。

「……あぁ、くそっ」

つぶやかれた声は、彼が複雑な感情を抱いていることを訴えかけてくる。悔しそうでもあり、腹を立てているようでもあり、嬉しそうでもあり、泣きそうでもあった。

「山江……？」

うかがうように体をずらしたが、嗣巳の首元に顔を埋めている山江の表情は見えない。

「知らなかった。……俺、ずっと」

全然知らなかった、と山江は繰り返す。その言葉に、山江に対して恋愛として好きだと直接伝えたことはなかったことに思い至った。

もしかしたら嗣巳の気持ちを察して冷たい態度をとったのかもしれないとか、だから嫌われたのかもしれないと思っていたこともあったけれど、そんなことはなかったようだ。そういえば本人に明確に伝えたことも、確かめたことも、一度もなかった。

山江の胸を押し返すと、今度はちゃんと彼の顔が見えた。視線が合うなり、山江は口元を覆うように顔半分を隠してその場にしゃがみこむ。

「……山江?」

「あー……もう、俺、ぐっちゃぐちゃ」

くぐもった声でそう言って、大きく嘆息する。

「すげえ、嬉しい。信じらんない。めちゃくちゃ驚いてて手とか震える。心の底からびっくりしてるし、俺、自分のせいで両思いになってたはずの時間ぶっ壊してたって事実を知ってすげえ叫び出したい。感情が追いつかねえー……」

早口で捲《まく》し立《た》てて、「あぁー……!」と低い声で山江が唸《うな》る。

「めっちゃくちゃ嬉しい。嬉しいけど、どうしようごめん。ほんと俺、最低。嗣巳、すげえ傷ついたよな。俺、すっげえ傷つけた。うわあー……マジでごめん……俺は今本気で自分を殺したい……」

「いや、死なないでよ」

混乱しきっている山江に、嗣巳のほうは徐々に冷静になっていく。落ち着きを取り戻しながら、しゃがみこんだ山江の頭をぽんぽんと叩くと、彼は俯《うつむ》けていた顔を上げた。

山江は堪えるように瞼《まぶた》を伏せて「好き……」と吐息混じりにつぶやく。頭を撫でていた嗣巳の手を取ったその指先は、まだ少し震えていた。

「好き。……今度こそ、傷つけない」

山江が、嗣巳の手を握る。

「……うん、わかった。信じる」

頷き、頬を緩める。山江は目を瞠り、勢いよく立ち上がった。繋いだままの手を引き、嗣巳を抱き寄せる。

「っ……」

奪うようなキスに、反射的に体が固くなる。山江は察したように、唇を離した。

至近距離にある山江の顔には余裕がない。けれど彼は一旦呼吸を整えて、腕の拘束《こうそく》を緩めた。

「ごめん、痛かった、よな?」

遠慮がちな言葉に、嗣巳は頭を振って山江の服の裾を摑んだ。今度は自ら、唇を寄せる。

唇が触れ合った瞬間、山江の体がびくんと硬直した。躊躇《ためら》うような仕草で、まるで壊れ物を扱うように、ぎこちなく嗣巳を抱きしめてくれる。

「ん……」

角度を変えながらキスをして、息継ぎの合間に開いた唇に山江の舌が触れた。擽《くすぐ》るように唇を舐められ、嗣巳は誘うように山江の首に両腕を絡めた。

「ん、ん」

深くなるキスとともに、体が後ろに倒れていく。いつの間にか、背後にあったテーブルに押し倒されていた。

舌を絡め合い、口腔内《こうこうない》を舐められる気持ちよさに、嗣巳は恍惚となる。

「っ、……あ」

体の力が抜けていくのにも気づかず、山江にしがみついていた嗣巳の手が落ちる。その拍子に、嗣巳の手が卓上に並べたままだった皿に接触した。

がちゃん、という高い音が立ち、互いにはっとする。ゆっくり唇を離し、顔を見合わせた。

濡れた山江の唇が、「あ」と動く。

「ご、ごめん俺……っ」

テーブルに身を預けたまま、嗣巳はふわふわとした気分で山江の焦った顔を見上げた。黙って見つめていたら、山江は嗣巳を見下ろしたまま、赤面しながら口ごもる。

「……会社、でした。ここ」

今気づいたと言わんばかりの科白がおかしい。笑ったつもりだったのに、嗣巳の唇からは、熱っぽい息が零《こぼ》れただけだった。山江が、小さく喉を鳴らす。数秒の間のあと、なにかを思い切るように上体を起こした。

「えっと。嗣巳、大丈夫？　肩とか腰とか痛くない？」

「ううん、へいき」

ただ、全身に纏《まと》うような倦怠感《けんたいかん》があってなんだか動けない。不快感はなく、どこか浮かされたような気分で、いっそ気持ちいいくらいなのだけれど。

「ごめん、なんか勢い余って押し倒しちゃった」

冗談めかして山江が笑ってみせる。

「試食するとか言ってたのに、もうほんとなにしてんだろ俺」

あははとぎこちなく笑った山江の腰に、嗣巳は膝で触れた。

熱っぽい雰囲気を誤魔化すような科白を吐きながら嗣巳を押し倒した格好のまま微動だにしていなかった山江は、困り果てた顔になる。そして嗣巳と、テーブルに並べられた料理を見比べた。

「えっと、試食……しよっか。明日もう本番だし。せっかくクリスマスイブに嗣巳が沢山作ってくれたんだから。すっごい美味そうだし」

理性的なことを言いつつ、やっぱり彼の両手はテーブルについたまま離れない。

「そうだね。じゃあどいて？」

試すように、嗣巳は言う。けれど嗣巳の科白に山江は頷かず、視線をうろつかせた。嗣巳は息を吐き、山江の首元に再度腕を回してじっと見つめる。

「山江」

山江は固まり、狼狽《ろうばい》した様子を見せつつ顔を真っ赤にした。

「……はい」

「どいて、くれないの？」

小首を傾《かし》げながら問えば、山江は言葉に詰まった。

先程から、ずっと理性と本能を鬩《しの》ぎ合《あ》わせてなんとか踏ん張っていたようだが、嗣巳に指摘されてもはや限界らしい。観念したように嗣巳の腰を抱いた。

「——ごめんやっぱり我慢できないです。まずは嗣巳が食べたいんだけど……駄目？」

駄目、と言ったらどんな顔をするだろうとちょっと意地悪な気分になったが、嗣巳も実際余裕があるわけではない。

返事の代わりに、嗣巳は笑って山江にしがみついた。

流石《さすが》に会社で「どうぞ」というわけにはいかなかったので、試作品は一旦《いったん》冷蔵庫にしまってから事務所を出た。

事務所から徒歩十分ほどの場所にある山江のマンションには、何度か来て動画を撮ったことはあったものの、寝室に入るのは初めてだった。

「山江、腹減ってない？」

「……平気」

「グラタンひとつじゃ全然足りないだろ？　なんか作ろうか俺」

「……あのね、嗣巳」

山江は眉尻を下げて苦笑し、嗣巳の剝き出しの膝に指先で触れた。

「まだ、おあずけ？」

冗談めかした言葉に、嗣巳は曖昧《あいまい》に笑う。

全部脱がされてしまった状態の嗣巳は、己の往生際の悪さを自覚しつつベッドの上で膝を抱える。対面には、同じく全裸の山江がいるのだ。

「嗣巳が嫌なら、我慢するよ」

身を寄せながら山江が言うのに、嗣巳は狼狽《うろた》えて目を逸らす。

「……嫌ってわけじゃ、ないよ。本当に。ただ」

ただ、今日はクリスマスイブで、そんな日に互いの想いを知って両想いになって、それから恋人の部屋で初めて結ばれる、という状況に、冷静になったらいたたまれなくなってしまっただけで。勿論あのまま山江の会社で致すわけにはいかなかったのだけれど、物事には勢いも大事だと実感する。

恋愛に関する経験値の低さのせいで、どう振る舞えばいいのかわからない。

もじもじと爪先《つまさき》をこすり合わせていたら、山江の大きな掌が嗣巳の膝から腿《もも》へと撫でながら移動し、脇腹に触れた。普段晒《さら》さない素肌に山江の体温を感じて、胸が震える。

「嗣巳、うっすら筋肉ついてるんだな」

「い、一応料理人だし……今も日課で筋トレくらいはしてるから」

「そっか」

そういう山江のほうが、嗣巳よりよほど筋肉質だ。服の上からではわからなかったが、腹筋も割れている。

「よくダイエット番組とかで『皮が余る』とかいうけど、そういうのないんだな、嗣巳って」

脇腹、臍《へそ》、鳩尾《みぞおち》、と山江の掌が移動していく。それを目で追いながら、嗣巳は頷いた。

「う、うん。十代だったのと、運動しながら筋肉つけて少しずつ落としてったからかも、って……でもああいうのって体質もあるらしくて、っ」

山江の親指が、嗣巳の臍を撫でる。その慣れぬ感触に、吐息が乱れた。

「あの体重から筋トレがんがんやったらムキムキになる可能性あったよな」

日常的な会話をしながら、山江の掌は裸の嗣巳に触れる。どちらにも集中出来ないまま、嗣巳は膝頭を合わた。腿と腹の間に挟まれるように、山江の掌がある。

「うん、でもそれも体質っていうか……鍛《きた》えてくれたホストブラザーとホストファザーは、自分たちと同じくらい俺のことむっきむきに育てたかったらしいんだけど、結局あんまり見た目にわかりやすい筋肉は付かなかったんだよね」

そして油断するとすぐに筋肉が落ちてしまうので、結局体積が減るにとどまったのだ。

「あんまり鍛えすぎるより、嗣巳は今くらいがバランスいいよ」

「そう……？」

「うん。綺麗だ」

臆面《おくめん》もない科白に、嗣巳は真っ赤になって絶句する。山江はにこっと笑って、閉じていた嗣巳の膝を左右に割り開いた。

嗣巳が身構えるより早く、山江が抱きついてくる。その勢いで、ベッドに仰向《あおむ》けに押し倒された。

「……っ」

下肢《かし》に固いものがあたり、山江の顔を見る。見下ろす瞳は優しげなのに、その奥で激しい感情が揺らめいて、嗣巳は無意識に喉を鳴らした。

山江が嗣巳に欲情している、というのを知って、どうしようもなく羞恥《しゅうち》を覚える。胸が高鳴って息が乱れ、目が潤《うる》んだ。

思わず顔を逸らせば、顎《あご》を摑まれて唇を塞がれる。キスをしたまま、山江は嗣巳の体を愛撫した。

「ん、っ……」

嗣巳の体の輪郭を確かめるように動いていた掌が、そっと下腹に触れる。いつの間にか兆《きざ》していた嗣巳のものを、山江は優しく握り込んだ。

長い指が絡まり、ゆっくりと揉み、扱《しご》く。キスの合間に吐息が漏れるのも、次第に濡れた音を立て始めるのも、恥ずかしくて堪らない。けれどやめてと言う気が起きることもなく、嗣巳は山江に縋《すが》り付《つ》いた。

「んぅ、ぁ」

腰骨のあたりから覚えのある感覚が湧き上がり、嗣巳は山江の胸を押し、キスを解いた。

「山江、待って……俺」

「ん、いきそう？　いいよ」

濁《にご》した言葉を口に出されて、頬が熱くなる。いいよと言われても困る。

「……っ、あ……っ」

困るのに、経験の浅い体は堪え切れるものではなくて、嗣巳は促されるまま山江の掌に吐精した。

「……っ、……」

生まれて初めて、人に弄《いじ》られていかされて、罪悪感にも似た羞恥に襲われる。性器にも、腰にもふわふわと浮くような快感が纏い、嗣巳はぼんやりと山江の顔を見つめた。じいっと見下ろす山江は相変わらず整った顔立ちをしていて、そこに真剣な表情を貼り付けている。

「嗣巳……少し、我慢な」

足を広げられ、その奥に山江の指が触れる。濡れているのは、先程嗣巳が出したもののせいだろうか。

誰にも触れられたことのない場所に、山江の指が差し込まれた。反射的に強張った嗣巳の額にキスをして、山江が「大丈夫」と囁く。

「ひどいことしないから、力抜いてて」

まるであやすような声音で言われ、嗣巳はわけがわからないまま頷いた。

ベッド脇に置いてあったジェルで濡らしながら、ゆっくりと指が抜き差しされる。固く、まるで拒むように閉じていたそこは、次第に柔らかくなっていったようだった。

「あっ……、あっ」

浅く、深く探る指が臍側の内壁をこするたびに、無意識に腰が跳ねることに気づく。両手で下腹を押さえたら、山江が手を止めた。

「嗣巳、ここ？」

なにを問われているかわからず、嗣巳は唇を引き結んで首を横に振る。山江は返事を促さず、愛撫を再開した。

下半身の感覚がなくなるほど弄られた頃に、ようやく指が引き抜かれる。

気づけば濡れていた嗣巳の太腿を掌で拭《ぬぐ》いながら、山江は嗣巳の足を開かせて腰を抱え直した。

「嗣巳」

痺《しび》れるくらいに柔らかく広げられた場所に、熱いものが押し当てられる。

「あ……っ」

じりじりと、じれったいくらいの速度で、山江が入ってくる。

「あっ、あ……」

途中、ゆっくりと行って、戻って、を繰り返しながら、山江のものが入ってくる。

息苦しいような気がするのに、深く呼吸が出来ていることに嗣巳は混乱していた。繋がったところが熱くて、じんじんする。

大きく胸を喘《あえ》がせていたら、覆いかぶさってきた山江に唇を塞がれた。

「ん、……、んっ、んっ」

唇を重ねたまま、山江が腰を揺する。小刻みに中を擦《こす》られていると、先程指でされたときと同じような感覚に襲われた。

びく、びく、と腰が揺れ、そのうちに、また「ここ?」と訊かれる。

「う、……?」

「嗣巳、……ここ、好き?」

途切れ、掠《かす》れた声で問われて、わけもわからないまま頷いた。山江が上体を起こし、嗣巳の性器に指を絡める。知らぬ間に固く立ち上がり、濡れそぼっていたそれを扱かれ、中を擦られて、嗣巳は身を捩《よじ》った。

「や……っ」

たった数度擦られただけで、達してしまった。中に入ったままの山江のものを締め付けながら、声もなく身を震わせる。腰がじんわりと痺れるような感覚があり、嗣巳は無意識に腰を揺らした。

「あ、ぅ」

波の去らぬ嗣巳の腰を抱え直し、山江はもっと深くまで入ってこようとする。そのときに初めて、まだ山江のものが全部入っていなかったのだと知った。

「や……、やだ……っ」

抗《あらが》うように山江の腹を押したが、力が入らない。

「待って、嘘、もう入らない……っ」

入らないってば、と訴えるのに、山江は腰を押し進めてくる。

けれど、無理だと言う嗣巳の気持ちとは裏腹に、嗣巳の体は山江を受け入れていた。徐々に深くまで暴かれて、いっそ吸い付くように蠢《うごめ》く己の身が信じられない。

「つぐ、みっ」

少しの勢いを付けて、一番深く、山江のものを全て押し込まれる。突き上げられる衝撃に、嗣巳は声もなく仰《の》け反《ぞ》った。

強く締め付け、深く繋がった部分から痺れるような快感が伝播《でんぱ》する。性器からとろとろと透明な雫が零れて、嗣巳の腹を濡らした。

「は……ふ、ぁ……、あっ、あっ」

詰めていた息を吐き出せば、まるで甘えるような吐息がひっきりなしに溢れだす。じっとしていられず身を擦り寄せたら、こくりと、山江が喉を鳴らす音が聞こえた。

震える背中に、山江の両腕が回ってくる。触れられたと意識した瞬間、勢いよく抱き起こされた。

「っ？　……あ！」

自分の体の重みで、更に奥深くまで山江のものを飲み込んでしまった気がする。息が止まり、硬直した嗣巳をきつく抱きしめながら、山江が吐息混じりに声を漏らした。

「嗣巳……すごい」

なにが凄いのか、と訊きたいのに声にならない。

「嗣巳……！」

息もできない嗣巳の奥まで嵌めたまま、山江はめちゃくちゃに体を揺する。

名前を繰り返し呼ばれ、一際強く突き上げられた瞬間、目の前が一瞬真っ白になる。視界いっぱいに火花が飛び、山江の体にしがみつく。

自分でするのとはまったく違う、完全に未知の感覚に、頭が付いていかない。気持ちいいと言うには強すぎるそれを受け入れるのに、少しタイムラグがあった。

「……、ぁ……」

啜《すす》り泣《な》きのような呼吸が戻ってきて、嗣巳は山江にしがみついた。

「や……あっ、あっ、あ……っ」

腰をがくがく震わせながら、何度も嗣巳は達する。力なく弛緩《しかん》した嗣巳の体を幾度か突き上げていた山江が、息を詰めた。

「……っ」

再びシーツに押し倒され、山江のものが引き抜かれる。その感触に身を震わせていたら、腹に熱いものがかかった。それが自分のものなのか、山江のものなのか判断できない。

「……っ、嗣巳。大丈夫？」

乱れた息を整えて、山江が問うてくる。汗ばんだ額に張り付いていた前髪を掻き上げる仕草に、嗣巳はぼんやりと目を奪われた。

「嗣巳？」

「……大丈夫じゃ、ない」

「えっ！」

嗣巳の返答に、山江が大声を上げ、おろおろと嗣巳の顔や体を見る。嗣巳は小さく息を吐き、唇を開いた。

「大丈夫じゃ、ないよ。……恥ずかしくて、死にそう」

先程までは必死でそれどころではなかったが、一息ついた途端に羞恥が湧き上がってくる。

「えっ、あっ」

山江は慌てた様子で毛布を引っ張り、嗣巳を抱き起こして体にかけてくれた。心配そうに、けれど隠しようもなく嬉しそうな顔をした山江に、嗣巳は思わず吹き出してしまう。

「……嗣巳？」

突如笑った嗣巳に戸惑いながらも、山江もぎこちなく微笑む。

太っていた頃は、恥ずかしくて人前で裸になることができなかった。そのときの名残《なごり》で、未だに温泉でも脱ぐのを躊躇うような性格だし、今まで他者と抱き合おうなんて、思いもしなかった。

――だけど。

初めて好きな相手に触れられて、触れて、羞恥よりも嬉しいという気持ちが湧いてくる。倦《けん》怠感《たいかん》も疲労感も、全て愛《いと》しさに変わって、幸せな気分に包まれていた。

山江の頬にそっと触れる。山江は首を傾げて目を細め、苦しいくらいに嗣巳を抱きしめた。

「嗣巳」

「……ん？」

「大好き。ずっと、好き。……俺のこと受け入れてくれて、ありがとう」

後半、声を震わせて、山江が目を潤ませる。少し驚いて、嗣巳は山江の頭を撫でた。

「大事にするから。今度こそ、ずっと」

「うん。……俺も」

山江の一方的な気持ちばかりじゃない。同じ気持ちでいるよと伝え、互いに笑い合う。

嗣巳が瞼を伏せると、間もなく唇がそっと触れてきた。


シャワーを浴びたあと、嗣巳と山江はもう一度キッチンスタジオに戻った。途中、山江に「今日は無理しなくても」と止められたものの、そうはいかない。

明日はもう撮影当日だし、それに、山江に渡したいものがあったのだ。

芸能事務所ということもあり、二十時を過ぎてもまだ人の気配は多い。預かったままだった鍵を使ってキッチンスタジオに入り、電気を点《つ》ける。

冷蔵庫から取り出した料理を、テーブルに並べ直した。

「捨てるのもったいないし、一応食べてくれる？　で、改良して欲しいところとかあったらメモしていって欲しいんだけど」

「勿論。……全部食べたらメモ送るし、片付けも俺一人でするから、嗣巳はやっぱり休んでない？」

「しつこいよ、山江。料理あっためなおそうか？」

帰って休むつもりはないという意志を改めて伝えれば、山江は引き下がった。

「いいよ。冷めてても充分美味いし。あったかいほうがよかったら自分でレンジにかけるし。いただきます！」

それでも流石にスープくらいは温め直そうかとキッチンに戻る。

とんでもないスピードで食べすすめながら、山江はテーブルの上に置いておいたペンとノートに色々とメモを取ってくれていた。

「山江、はいスープ」

「さんきゅー。お、かぼちゃのポタージュ！　俺これ好きー！」

そうだろうと思って作ったのだが、敢えて口にはしない。

「それで、……はい、これ」

空っぽになった皿がうずたかく積まれているその横に、嗣巳は大きな皿を置いた。

死角になっていたからだろう、山江が首を傾げて体を傾ける。そうして、視界に入ったものを見て、ぱあっと表情を明るくした。

「チョコケーキ……！」

「うん。クリスマスプレゼント……みたいなもんかな」

明日の、全員で食べる用のケーキは白い生クリームのケーキだが、山江のために用意したのは、チョコレートクリームのブッシュドノエルだ。

「今日中に、食べて欲しかったから」

ガトーショコラと悩んだ末、やはりクリスマスっぽいのはブッシュドノエルだし、昔、山江がチョコレートクリームが好きだと言っていたので、こちらを選択した。

ココアスポンジに、チョコレートクリームでデコレーションした山江のためのケーキだ。

——何年もかかっちゃったけどちゃんと山江に渡せてよかった。

「うわー……うっわー……すげえ美味そう！　これ、俺だけの？」

「うん、山江のためだけに作った特別メニュー」

そう言いながら、嗣巳は山江の横に腰を下ろす。

「うっわー……」

子供のように目をきらきらさせて、山江が色々な角度からケーキを眺めている。

「……これ、もう食べてもいい？」

「うん、いいよ」

やった、と歓声を上げ、山江がケーキを口に運ぶ。やっぱり一口が大きい。

食べた瞬間に、山江が「んー！」と身悶えした。

「うっまい……やばい、嗣巳天才……」

「大袈裟《おおげさ》な」

「大袈裟じゃない。すっげえ美味い……」

やばい、美味い、と言いながら、山江はケーキを一口一口、噛みしめるように食べていた。

そして、半分まで減ったところで、ケーキを一掬い、嗣巳に差し出す。

「え？」

「美味いから、嗣巳も。はい、あーん」

「あ……あーん……」

山江の「一口」より小さめとはいえ、嗣巳には少し大きめの「一口」を口に入れる。

「ん、んっ」

零れそうで焦りつつ口を押さえた。久し振りに作ったが、ちゃんと美味しくできている。

ほっとしながら咀嚼していると、傍らの山江の顔が近づいてきていた。

そして、反射的に目を瞑った嗣巳の口の端が、舐められる。

「付いてた」

「っ……」

なにも舐めて取らなくてもと思うのだが、いかにもラブラブなバカップルのような遣り取りは、決して嫌いではないのでただ赤面するに留まってしまった。

山江は、そんな嗣巳の様子も楽しんでいるようで、ちょっと癪《しゃく》だ。

――楽しみ方は少し不本意だけど、ケーキを喜んでもらえてるから、いっか。

そうこうしている間に、ケーキも残りわずかだ。

いい食いっぷりだなあ、とその様子を眺めていると、注視しすぎたせいか、山江が手を止める。

「なに？」

「ううん、喜んでもらえてよかったなって。山江、チョコケーキ好きだって言ってただろ？」

高校一年のときに、すごく喜んでもらえたのを覚えている。

嗣巳の作ったチョコレートケーキを食べて、「これ、ホールで全部食べたい！」と言っていた。

「だから、いつか山江にちゃんと思いっきり食べてもらいたかったんだ」

プレゼントだ、とは言ったけれど、これは嗣巳の念願でもあったのだ。あのときの気持ちに戻れたような、やっと仕切り直せたような気がした。

嬉しい、と言うと、山江の頬がほんのりと赤く染まった気がする。

瞳が潤んだ気もしたけれど、すぐに俯いて食べるのを再開してしまったので、その顔を見直すことはできなかった。

ラブグロッサリー

love grocery

「──俺も、山江《やまえ》のこと嫌いだから」

ぶつけられた言葉に、全身が竦《すく》む。

山江恒《こう》と、想い人である由良嗣巳《ゆらつぐみ》との関係性に罅《ひび》が入った──他でもない、自身が入れたことはわかっていた。けれど、それが罅などではなく大きな亀裂になって、既に埋めがたい溝ができていたことに、このときまで本当に気がついていなかったのだ。

俺も、ということは、つまり嗣巳は山江に嫌われていると認識している。違う、と否定しようとしたが、この一年のことを振り返れば説得力などないのは明白だ。

言葉を失い、けれどなにか行動しなければと一歩踏み出したら、嗣巳が怯《おび》えるように身を震わせた。山江の頭から、一気に血の気が引く。

「……もう今日で卒業だし、俺も、これ以上無理に笑えない」

──どうしよう。

嗣巳はいつも明るくて、山江が素っ気ない態度を取っても、困った顔をして笑ってくれていた。だから、嗣巳なら謝れば許してくれるのではないかと、そんな身勝手な思いに縋《すが》っていたのだ。

高校三年生になってからの一年間、ずっとひどい態度を取っていたことを謝罪し、そしてそんな行動に至った理由を卒業式が終わったら説明しようと思っていた。以前聞いた進学先は山江と一緒だったし、これからまた関係を築いていけばいいのだと。

卒業式を終えて嗣巳を校舎裏に引っ張ると、彼は抵抗しなかった。

だから話を聞いてくれるつもりがあるのかと思ったけれど、違う。嗣巳は、山江を怖がって抵抗できなかっただけだったのだ。その事実に気づいて、どっと汗をかく。

――ごめん。ごめんなさい。俺はただ嗣巳が、嗣巳のことが好きだっただけなのに。馬鹿だ。どうしよう。どうしたら謝れるんだろう。俺どうすればいいんだ。最低だ。

言い訳と後悔が頭の中で空転し、山江をより混乱させた。

突きつけられた拒絶の言葉はいつまでも耳に響いて、なんと返せばいいのかわからない。

俯《うつむ》いた嗣巳は、決して山江のほうを見ようとはしていなかった。もうお前なんか視界に入れたくないのだという嗣巳の意志の表れに、どう詫《わ》びようともう彼の目線も気持ちも、こちらを向いてくれないのだとわかってしまう。

土下座《どげざ》してでも、彼の視界に入りたいと愚《おろ》かなことを考えた山江を更に突っぱねるように、嗣巳が震える声を上げた。

「もう二度と、話しかけるな」

嗣巳の言葉に、息を飲む。

横っ面《つら》を叩かれたような衝撃に、声が出なかった。

「顔も見たくない」

はっきりと告げて、嗣巳は背中を向けた。

嗣巳は振り返らない。そして、山江が視線で追うことすら許せなかったのか、弾《はじ》かれるように走り出した。

嗣巳の足を考えると、走ればすぐに追いついたかも知れない。けれど、嗣巳の姿が見えなくなってからも、山江はしばらくその場を動くことができなかった。

頭が真っ白になり、嗣巳の言葉を反芻《はんすう》し、後悔と懺悔《ざんげ》の気持ちに襲われる。

自分に向けられた嗣巳の笑顔を最後に見たのは、いつだっただろう。

思い出すのは一年生の頃のことばかりで、自分が想像する嗣巳の顔はいつも笑っていて――けれどそれらは全て、先程の怯えと嫌悪の顔に塗《ぬ》りつぶされた。この一年、嗣巳の顔そのものを見ないようにしていたのは、自分自身だ。

「……っ」

唇を強く噛みしめる。

――なんで、こうなったんだ。……俺、なにしてんだよ。最悪だ。死にたい。俺のことぶっ殺してやりたい。

けれど、山江が死んだところで嗣巳は許してくれないだろう。より軽蔑《けいべつ》されるだけかもしれない。

山江は、中学のときはあまり成績がよくなかったが、部活をやめたら自分でも思った以上に成績が上がり、都立の進学校への入学がかなった。

意気揚々《ようよう》と入った教室で最初に目に入ったのは、前の席に座っていた、当時まだまんまる体型だった嗣巳だ。「おはよ」と笑った顔が可愛《かわい》くて、印象はとてもよかった。

席が前後なので頻繁《ひんぱん》に話す機会はあるものの、隣や後ろの席が同じ中学の面子《メンツ》だったので、嗣巳と個人的に親しく話すことはなかった。

毎日後ろの席から見る嗣巳は、ぬいぐるみみたいな愛らしさがあって、山江はひっそりと心を和《なご》ませていたのだ。丸いフォルムと所作が可愛く、穏やかな性格と話し方で、クラスではゆるキャラのようなマスコット的な存在だった。男女問わずそういう扱《あつか》いをされていて、嗣巳が女子と仲良くしていて嫉妬《しっと》するような男もいなかったように思う。当時既に社会人になっていた年の離れた兄姉がいたようで、可愛がられ慣れているというか、愛されオーラが彼にはあった。

機会をうかがっていた山江がやっと話しかけられたのは、五月の連休明けのことだ。きっかけは、嗣巳が大きなお重に目いっぱい詰めた稲荷寿司《いなりずし》を持ってきたことだった。

「それ手作り?」

そう訊《き》けば、嗣巳は自分の手作りだと頷いた。

山江の家は男ばかりの四人兄弟で、その全員がよく食べる。母親はおにぎりを作ってくれることはあったが、稲荷寿司は「面倒だから嫌」と滅多《めった》に作ってくれなかったのだ。

その稲荷寿司が、お重に四つ分もある。すげえ、美味《おい》しそう、と褒《ほ》めたら嬉しそうな顔をして、お裾分《すそわ》けをしてくれた。食べてみたら揚《あ》げに包まれていたご飯にもバリエーションがあって、あまりのうまさに図々《ずうずう》しく何個も食べてしまった。そんな山江に嗣巳は文句ひとつ言わないどころか、「ありがとう」と言ったのだ。その顔が、本当に可愛かった。

――大好きな友達だったのに。……大好きだったのに。

嗣巳は誰にでも優しくて穏やかな人物で、人気者だった。

けれど、山江に対しては特別優しかったように思う。優しさの種類に変わりはないけれど、山江を優先してくれる場面が幾度《いくど》かあった。山江も嗣巳が大好きだったから、優越感を覚えたものだ。

大好きで大好きで、けれどそんな自分の気持ちがただの友愛ではないと気がついたのは、一年生のときにクラスで開催したクリスマスパーティだった。料理持ち寄りのパーティに、嗣巳はプロ顔負けのガトーショコラを作ってきてくれた。チョコレートケーキが大好きだったので「来年も作って！」とお願いしたら、他のクラスメイトもリクエストし始めて、最終的にはジャンケンでリクエスト権が争われると、山江は序盤《じょばん》で敗退してしまった。

本気で落ち込んでいたら、嗣巳が「山江の分だけ別に作ってやるから」と慰《なぐさ》めてくれたのだ。

「山江は特別」

少し照れたように言って、嗣巳は頬を緩《ゆる》めた。

その瞬間、心臓が止まったかのような錯覚《さっかく》を覚えた。体中の血が沸騰《ふっとう》し、ふくふくとした柔らかな体に抱きつきたいような衝動に駆られたのだ。もし、あのとき嗣巳が友達に呼ばれて離席していなかったら、実行してしまったかもしれない。

唐突に湧き上がった感情に、山江はすぐに名前をつけることができなかった。悶々《もんもん》としたまま冬休みを迎え、ぎこちなく三学期をやり過ごし、嗣巳とクラスが別れたときは正直なところほっとした。その頃には既に、山江は嗣巳のことを想像しながら何度も自分を慰《なぐさ》めていたからだ。

初めて嗣巳を想って自慰《じい》をしたときに、はっきりと恋愛感情を自覚してしまった。同時に、嗣巳を裏切ったような気分に陥《おちい》った。

後ろめたさもあったし、気の所為《せい》だと思いたかった。友達である山江に、純粋に優しくしてくれる嗣巳を、そういう目で見ている自分がショックで、無垢《むく》なものを汚しているようで、吐き気がした。十代の、幼い潔癖《けっぺき》さと欲望に挟《はさ》まれて気が滅入《めい》った。

気のせいだ。嗣巳に軽蔑される。もう笑いかけてくれなくなる。そう思うのに、止まらない。嗣巳の声を、顔を、肌を、想像するだけで今までになく興奮した。兄の部屋にあったどのAVよりも、嗣巳に触れたときの感触や匂いを思い出すほうが欲情した。

一方で、想像の嗣巳と自分の右手を汚したあとの虚脱感と罪悪感といったら、筆舌に尽くしがたいものがある。同性に対して恋心や性欲を向けたのも初めてのことで、動揺もした。頭が、おかしくなりそうだった。

だから、クラスが変わったのを機に、嗣巳のことを徹底的《てっていてき》に避けたのだ。

告白してきた女子と何人か付き合って、ちゃんと性欲を覚えたことにほっとした。

その半面、嗣巳を想って自慰をするのも止められなかった。女の子と付き合いながら、嗣巳を想像したこともある。

悩んだストレスで、元々の大食いも加速した。けれど「食事」という行為は、嗣巳を思い出させる。食べれば食べるほど嗣巳を思い出し、止まらなくなる日もあった。胃が拡張されるばかりで、胸に空《あ》いた穴は埋まらない。

こんな悩み、人に言えなかった。

一年かけて次第に精神状態は落ち着いたが、幸か不幸か三年生に進級したら選択科目で再度嗣巳と一緒になってしまった。

選択科目の授業が行われる特別教室で、嗣巳は同じクラスの友人だという矢田《やだ》と談笑していた。山江に気がつくと、一年前と変わらぬ笑顔を山江に向けたのだ。

「山江、久し振り！」

やっと落ち着いたと思っていたはずの気持ちは、その一言と笑顔であっさりと揺らいだ。眠っていた恋愛感情が、揺り起こされて暴れだす。

再び戻ってきた恋心、性欲、それらに対する後ろめたさ。自分以外の男と仲良くしていることに対する嫉妬心。全てを誤魔化すように、嗣巳を無視した。自分の抱《いだ》いている好意が少しでもバレたら、嗣巳に軽蔑される。それが怖かった。

——俺が嗣巳のことを好きで、いやらしい目で見てるって、気づかれたくなかった。気づかれたら、絶対に、嫌われるから。軽蔑されて、気持ち悪いって思われたく、なくて。

嗣巳に触れ、話しかける男女全員に、嫉妬した。

同じ大学に行きたくて、変に誘導しようとしたりして、余計なことを言って嗣巳を傷つけたりもした。

でも嗣巳が笑っていてくれたから、機会をうかがえばまだリカバリーできるなんて、本気で信じていたのだ。

いつも、想像するのは嗣巳の笑顔だった。「山江」と優しく呼んでくれて、食べ物を差し出してくれる嗣巳の顔だ。

嗣巳、と呼ぶと可愛らしい顔で「なに?」と笑ってくれた。

ノートを借りると、しょうがないなぁと言いながら笑ってくれた。

料理を褒《ほ》めると、嬉しそうに笑ってくれた。沢山食べる山江に「そんなに食うのになんで痩《や》せてるのかなぁ。ずるい」とちょっと不満げにしながらも笑ってごはんを分けてくれた。

けれど、もう思い出せない。

脳裏に蘇《よみがえ》るのは、「嫌い」と言った嗣巳の顔だ。

ひどい真似をしたのは山江なのに、尖《とが》った言葉を口にすることに躊躇《ちゅうちょ》し、罪悪感を抱いている様子だった。それだけではなく、はっきりと山江に対する怯えも浮かんでいた。

直接言いたくなかっただろう言葉を、嗣巳に言わせてしまった。

「……っ」

唇を噛み締め、嗚咽《おえつ》をこらえる。けれど我慢できず、山江はその場にしゃがみこんだ。

「うぅー……っ」

堰《せき》を切ったように涙が溢《あふ》れ出《だ》し、山江は声をあげて泣いた。

嫌われたくないと思っていたくせに、却《かえ》って嫌悪されるような態度を取ってしまった自分の愚かさに打ちのめされる。きっと、正直に「好きだ」と伝えたほうがまだよかったに違いない。好意には応《こた》えられないとしても、嗣巳はきっと、気持ち悪いと言ったりはしなかっただろうし、軽蔑することもなかったはずだ。どうしてそんなことにも気づけなかったのかと、自問する。

「好きだ」も「ごめん」も、もう口にしても意味がない。どちらももう、遅すぎる。

先程振り払われて、足元で潰《つぶ》れて土まみれになったとろとろ杏仁プリンが、まるで自分と自分の恋心のようで、涙がこみ上げる。

全部、ほかでもない自分自身で台無しにしてしまった。

「……ごめん、嗣巳。……ごめん……」

許してなんて、恥ずかしくて言えない。許してもらえるとも思っていない。

ごめん、ごめんなさい、と山江は泣きながらひたすら口にし、地面に突っ伏した。

「――山江」

呼びかけられて、山江ははっと目を覚ます。常夜灯が付けられた部屋で、嗣巳が顔を覗き込んでいた。大きな目が印象的なその顔は、先程まで認識していたものよりも大分ほっそりしていて、少し大人びている。

「ごめん、起こして。……具合が悪いのかと思って」

そう言いながら、嗣巳が山江の額を撫《な》で、前髪を掻《か》き上《あ》げてくれる。嗣巳の掌《てのひら》が触れる感触で、自分が汗をかいていたのを悟った。

そして、自分がもう高校生ではなく、嗣巳と恋人同士であるという現実にゆっくり引き戻される。

――久々にあの夢見た……魘《うな》されてたんだろうな、俺。

卒業式の日から、時折嗣巳の夢を見る。何ヵ月かぶりにこの夢を見たのは、嗣巳のベッドに一人で寝たからかも知れない。

内容はいつも同じだ。汗びっしょりで、泣きながら起きる。薄暗がりのおかげで、潤《うる》んだ山江の目に嗣巳は気がついていないらしい。

「平気？　風邪薬とか――うわっ」

腕を伸ばし、身を屈《かが》めていた嗣巳の体を抱き寄せる。ベッドに倒れ込んだ嗣巳は「あぶないよ」と苦笑した。腕の中の嗣巳の匂いを堪能《たんのう》しつつ壁の時計に目をやると、もう深夜二時を回るところだった。

「……仕事、今終わったの？」

「うん。MCの人が前の仕事が押しちゃって、遅くなっちゃった。俺、タクシー使ったの初めて」

終電のない時間に収録が終わると、タクシーチケットがもらえる。嗣巳は「業界人みたい」と笑った。

嗣巳と付き合い始めて三ヵ月以上が経過し、互いに合鍵《あいかぎ》を渡している。今日は嗣巳の仕事終わりで「家デート」をする予定だった。早めに終わった山江が嗣巳の家で待っていると、夕方頃に「収録遅くなりそう。帰っててもいいよ」とメッセージが送られてきたのだ。

待ってる、と返したものの、夜の十時を過ぎたあたりで再度「いつ終わるかわからないから寝てていいよ」という連絡が来た。起きて待っているつもりが、いつの間にか寝てしまっていたらしい。

「ごめんね、起こして。俺シャワー浴びてくるから寝てて――」

体を離そうとする嗣巳の耳に、ちゅっと音を立ててキスをする。腰を抱き、嗣巳のベルトを外していたら、嗣巳が慌てたように身じろぎした。

「ちょ……待って、山江」

「んー……」

ちゅ、ちゅ、と首筋を啄《ついば》み、デニムジーンズのウエストに手を差し込む。直接肌に触れると、嗣巳が待ってと声を上げた。

「待って山江。俺、シャワー……」

「いいよ。嗣巳、いい匂いする。美味しそう……」

匂いを嗅《か》ぐと、嗣巳が「やめて」と身を捩《よじ》る。

「嘘つけ、料理の匂いなんて、するわけないし」

美味しそうってそういう意味じゃないんだけど、と思いつつも敢《あ》えて誤解は解かずに、中指で尾骨のあたりに触れた。嗣巳が小さく息を飲む。それから、まああの強さで頭を叩かれた。

「いってぇ……」

腕の拘束《こうそく》が緩んだ隙に、嗣巳が逃げる。

「シャワーだけ浴びさせてって言ってるだろ……！」

「……すぐ戻ってきて」

思った以上に甘えた声を出した山江に嗣巳はぐっと言葉に詰まる。わかったと小さく頷いて、走って浴室のほうへ消えていった。

——別に、シャワー浴びなくてもいいのに。

それはそれで趣《おもむき》があるのだが、嫌だというなら無理強《じ》いはしない。服を脱いで、まだかなぁとベッドでごろごろしながら待機していたら、嗣巳は三十分ほどで戻ってきてくれた。どうせすぐ脱がすのに、下着とTシャツを身につけている。

「嗣巳、こっち」

身を起こしてあぐらをかき、両腕を差し出すと、嗣巳は逡巡《しゅんじゅん》したあとに山江の膝の上に乗った。

「ん……」

嗣巳はすぐに、Tシャツを脱ぎ、床に落とした。抱き合い、どちらからともなくキスをする。

「嗣巳」

唇と唇の間で呼びかけると、嗣巳は「ん?」と応えた。

「……好き」

改まって告げた山江に、嗣巳が笑う気配がする。俺も、と小声で返してくれて、嗣巳の方からもキスをくれた。

ほんの少し前までは、こんな関係になれるとは思ってもいなかった。山江の恋心はまだ燻《くすぶ》ってはいたけれど、嗣巳に嫌われてしまったという自覚はおおいにあったからだ。再会しても自分に対する信用度や好意が回復するとも思えず、かといって傍《そば》に嗣巳がいれば近づくことも我慢はできなくて。

空回《からまわ》りしてまた突っぱねられたときは今度こそ完全に終わりかと愕然《がくぜん》としたけれど、諦《あきら》めずに追いかけ、許してもらえてよかった。そこはもう、嗣巳の心の広さに感謝するしかない。

「嗣巳……」

唇を重ねながら、嗣巳の体をシーツの上に押し倒し、下着を脱がせた。柔らかな嗣巳の尻を撫でて、指を這《は》わせる。体が微《かす》かに強張《こわば》ったが、抵抗はされない。

「ん、ん」

ある程度浴室で準備をしてきてくれたらしく、指がスムーズに飲み込まれていった。

クリスマスイブに初めて嗣巳を抱いたが、嗣巳は誰かと抱き合うこと自体が初めてだったらしい。ぎこちなく、初めてのことに翻弄《ほんろう》されて泣きながら感じる嗣巳は可愛かった。

まだ明るいところではあまりさせてくれないし、恥ずかしいからやだ、と言われることも多い。けれど、随分《ずいぶん》慣れてくれた。

中指を深く差し込み、嗣巳の感じる部分を優しく撫でる。

「んん……！」

嗣巳の腰が、びくんと跳ねる。執拗《しつよう》に擦《こす》っていると、キスを解《ほど》かれた。

「待っ、山江……っ」

軽く腰を浮かせた嗣巳に、山江は指を止めた。ほっと息を吐いた嗣巳の耳元に唇を寄せて「入れてもいい？」と囁く。嗣巳が息を震わせる気配がした。

こくりと頷き、嗣巳が恐る恐るといった様子で足を開く。山江は、己《おのれ》の頬が緩むのを自覚した。

既に臨戦態勢になっていたものを、嗣巳の太ももに押し当てる。ほんの少し乱れた嗣巳の呼吸に、ますます固く大きくなりそうだった。

柔らかく蕩《とろ》けた場所に、先端を押し当てる。

「……嗣巳、好き」

「っ……」

告白の言葉を口にしながら、山江は嗣巳の体を押し拓《ひら》く。微かな抵抗感のあと、嗣巳の体は山江を受け入れてくれた。

――……気持ちいい。

腰が溶けそうなくらいの快楽に、息を詰める。導かれるように、山江は奥へ奥へと腰を進めていった。

「嗣巳、好き……大好き」

「う、あ」

肌と肌が密着するくらい深くまで嵌《は》めて、突き上げるように腰を揺らす。根本を絞《しぼ》るように、嗣巳の中がうごめいた。

「大丈夫？　嗣巳」

目を瞑《つぶ》り、堪《こら》えるように唇を噛んでいる嗣巳の頬を撫でる。嗣巳はか細く息を吐いて、瞼《まぶた》を開いた。とろりと蕩《とろ》けるような表情がたまらなく色っぽい。

「山江……」

「ん？」

「……俺、明日、っていうかもう今日だけど、鈴《りん》ちゃんちで撮影《さつえい》、あるから」

鈴ちゃん、というのは嗣巳の幼馴染みでオネエタレントとして活躍している人物のことだ。本名を鷹羽鈴児《たかばりんじ》といい、仕事中は長身の美女といった風情《ふぜい》だが、メイクオフすると線の細い美男子へと戻る。嗣巳と山江の関係を知っている数少ない人物の一人だ。

彼の実家は洋食屋を経営しており、嗣巳はそちらで時折手伝いをしつつ、定休日には配信用の動画の撮影場所として借りている。

幼馴染みで仲がいいのは知っているし、だから今日はすぐに就寝して明日に備えたいという意図はわかっているのだけれど、ベッドの中で他の男の名前を聞かせられると胸がもやもやと蟠《わだかま》る。

「十一時から鈴ちゃんちでダスティンと――ぅあっ、ん！」

腰を引き、再び深く突き上げる。不意を突かれた嗣巳は、甘い声を上げた。恥ずかしそうに身を震わせ、嗣巳は抗議するように山江の背中を叩く。

「話聞けよ！」

「聞いてる。ダスティン、来てるの？」

新たに出てきた男の名前は、嗣巳がカナダに留学していたときのホストブラザーのものだ。留学中に嗣巳がアップロードした動画には、時折彼の手や声も映《うつ》っている。

「うん、来たのは一昨日《おととい》かな？　明後日《あさって》から関西のほうに行くみたいだけど」

「へー……」

ダスティンとは今も遣《や》り取《と》りをしたり、実際に会ったりと交流は続いているそうで、彼は嗣巳の動画に度々《たびたび》コメントを残したりもしている。嗣巳の動画を長らく視聴している人たちにはお馴染みの人物で、彼が残したコメントにもいくつかコメントが付けられるのは定番だ。

先日アップロードした、嗣巳がバレンタインデーに向けたチョコレートケーキのレシピを紹介する動画にもダスティンはコメントを残していた。英語なので、山江はいつも流し読みしてしまっているが、日本って本当にバレンタインデーにチョコレートあげるんだね！　俺にもちょうだい！　というようなことを書いていたので、今回は目に留まっていた。

「……ダスティン、仕事は？」

「まとまった休みが取れたんだって。数日、日本に滞在するみたい。時間があったら動画に出てって言ったらＯＫしてくれたんだ」

嗣巳が嬉しそうに笑う。それにつられてにこっと笑いかけてしまったが、心は穏やかではない。

「というわけで、明日は十一時から撮影だから、今日は一回にして。約束」

「……わかった」

素直に頷いた山江に、嗣巳がほっと息を吐く。そして、嗣巳のほうからキスを仕掛けてくれた。

「ん、……んっ」

ゆっくりと、山江は嗣巳の体を揺する。激しく抜き差しするより、嗣巳は深いところを優しく突かれるほうが好きなのだ。

体を密着させ、互いの腹の間で嗣巳の性器をゆるく捏《こ》ねた。そうしているうちに、固く締め付けていた中が次第に柔らかくなってくる。

「ん、ん」

嗣巳の呼吸が浅くなり、小柄《こがら》な体が火照《ほて》り始《はじ》めるのを肌で感じる。

「嗣巳、いい？」

「う、ん……っ」

問われるままに、嗣巳は頷いた。嗣巳が物足りなさを感じる前に揺する速度を上げると、喘《あえ》ぎながら腰を浮かせる。

「あ、あっ、あっ……、あっ」

嗣巳の唇から、か細い嬌声《きょうせい》がひっきりなしに溢れ始めた。

「あ……っ、あ……」

どこか堪《こら》えるような声音に、嗣巳の終わりが近いのを知る。無意識に逃げようとする嗣巳の腰を支えて軽く持ち上げた瞬間、性器がぎゅっと締め付けられた。

「っ、……あ、ぁ……！」

高い声を上げて背を反らし、嗣巳が達する。腹のあたりに、嗣巳の出した精液がかかる感触がしたので、山江はめちゃくちゃに腰を動かしたい衝動を必死に抑え、動くのをやめた。ぐ、と唇を嚙み、詰めていた息を吐き出して上体を離す。そして、達した嗣巳の顔を見下ろした。

——……かっわいい顔。

目を瞑《つぶ》り、微かに痙攣《けいれん》しながら絶頂感をやり過ごす嗣巳の顔は色っぽく、愛らしい。それだけで達してしまいそうになりつつ、嗣巳の表情をじっくり堪能《たんのう》する。

ぎゅ、ぎゅ、と間歇的《かんけつてき》に引き絞るような動きをする嗣巳の中に、引っ張られそうになりながらもどうにか我慢して、山江は息を整える。

下唇を舐《な》め、小さく震える嗣巳の腰を抱《かか》え直《なお》した。それだけの刺激で、嗣巳が「あっ！」と

声を上げる。

「ごめんね、嗣巳。今度は、俺の番」

囁くと、嗣巳がひくっと喉を鳴らす。

「待っ……て、山江、まだしないで　——や、ぁっ！」

制止の言葉を最後まで聞かず、嗣巳の腰を引き寄せる。身を捩って逃げようとした嗣巳の痩《そう》軀《く》を抱き、何度も腰を打ち付ける。

「まだ駄目……っ、やだぁ……！」

言葉や態度とは裏腹に、一度達して柔らかくなった嗣巳の中は、熟《こな》れた様子で山江のものを受け入れている。覆《おお》いかぶさる山江の体をどうにか引き剝《は》がそうと足をばたつかせる嗣巳の体を、山江は両腕で抱きしめて拘束《こうそく》した。

「……だ、め……っ」

嗣巳が、か細い声で泣きながら首を振る。その声も表情も体も甘く蕩けていた。

達したばかりで敏感になっているから、もう少しだけ待ってほしい、という嗣巳の気持ちもわかるのだけれど、山江も限界なのを、わかってほしい。

「嗣巳……っ！」

「あっ！　……ぅ……」

一際《ひときわ》強く突き上げて、山江は息を詰める。恋人の中に熱を吐き出す快感に、意識が飛びそうだ。中に出しながらゆっくりと腰を動かすと、緩く長引く絶頂感に見舞われる。

——気持ちいい。

息を整えながら身を起こすと、嗣巳は小さく震えていた。山江が出したせいで、また達してしまったらしい。とろんとした表情は、幼くも見えるのに色気に溢れていて、たまらない気持ちになる。

胸を喘《あえ》がせる嗣巳の項《うなじ》を撫でながら、キスをした。嗣巳の舌は甘く、絡めると拙《つたな》く応えてくれる。

「あ……」

無防備な胸の突起を摘《つま》み、指先で転がすと、嗣巳は感じた顔を隠しもせずに声を上げた。入れたまま嗣巳を抱き起こし、膝の上に座らせる。眼の前にあった嗣巳の左胸を舐め、固くなり始めていた小さな突起を口に含んだ。

「う、んっ」

舌先で舐め、時折啜《すす》り、甘噛みする。普段はそんなところ弄《いじ》らなくていい、と言われるが、今はちょっと意識が飛んでしまっているのか、嗣巳は素直に愛撫《あいぶ》を受け入れていた。ねだるように山江の頭を抱きしめて、声を上げる。

「嗣巳」

「ん……？」

出し入れしながらゆっくりと動かしていた自分のものが、嗣巳の中で次第に固くなっていくのがわかる。

「もう一回、させて」

「う、んっ？」

下から軽く突くと、抱きつく嗣巳の腕の力が強くなる。制止されないのをいいことに、山江は嗣巳の体を支えるように抱きしめて激しく揺らした。

「あぁ、あっ、あ、あ」

「嗣巳、あと一回だけ、ね？」

「ん、うんっ」

わけもわからない様子で頷きながら、嗣巳が山江の体に縋《すが》る。嗣巳の性器から、とろとろと精液が溢れた。可愛らしい色のそれに指を絡めて優しく扱《しご》きながら嗣巳にキスをする。

「っ、いい？」

どちらの意味か、嗣巳は「いい」と上ずった声を上げた。

「いい、いいから……っ」

言質《げんち》を取ったとばかりに、混乱したままもどかしげに「もっと」と乞う嗣巳の唇をキスで塞《ふさ》いで反論を封じる。

あと一回だけだから、と山江は自分に言い聞かせるように再度口にして、嗣巳の体を強く突き上げた。

枕元から響いてきたとても控《ひか》えめな電子音とバイブレーションの音に、山江は目を覚ました。まだ重い瞼《まぶた》をゆっくりと開き、携帯電話を手に取る。

だが、自分の携帯電話の液晶画面は真っ暗のままだった。今日は朝から予定がなかったので、目覚ましは元々かけていなかったのを思い出す。

――ああ、嗣巳のか……。

鳴り続けているのは、腕の中で眠る恋人――嗣巳のものだ。現在の時刻は十時十五分である。初めからその時刻に設定していたのか、既に幾度《いくど》か目覚ましが鳴っていてスヌーズ機能に切り替わっていたのか。

まだ深い眠りについている嗣巳は、小さな寝息を立てている。

高校生の頃までの面影《おもかげ》がないと他人は言うけれど、山江にとって嗣巳の印象はあまり変わらなかった。少し幼さの残る顔を覗き込みながら、山江は相好《そうごう》を崩す。

――……可愛い。

白い肌と明るめの柔らかな髪が太陽の光を反射して煌《きら》めいている。本人に告げたら馬鹿じゃないのと言われるかもしれないが、まるで天使のようだ。それなのに、昨晩の名残《なごり》を匂わせる気だるげな雰囲気が、どうしようもなく色っぽい。

こみ上げる愛《いと》しさとともに、ちくりと胸が痛むのは、まだ幼稚な恋心で身勝手に傷つけたことに対する罪《つみ》の意識が残っているからにほかならない。

山江は親指で、薄紅色の彼の唇に触れる。くすぐったそうに、むにゃむにゃと嗣巳の口が動いた。そして、猫のように身を丸める。

――か……っわ……！

自分と同い年の男を「可愛い」と表現するのもいかがなものかとも思いつつも、幼さの残る寝顔に朝から胸をときめかせてしまう。

けれど、昨晩、腕の中にいた嗣巳はとても色っぽかった。恋人になってから幾度も肌を重ねてきたとはいえ、まだ慣れないようでいつも恥じらって震えている。

感じやすい嗣巳は、昨晩も山江の腕の中で何度も達した。

もうできない、やだ、と甘い声で泣きながら、嗣巳は山江に縋りつく。そんな恋人に、今日こそは無理をさせまいと決めていた山江の理性がもたなくなるのは、いつものことだ。

――昨日もほんっ……とに可愛かった。可愛くて可愛くてしょうがなかった。

一回だけと言われたのに、結局、昨晩は何回しただろう。

白い柔肌《やわはだ》がうっすらと染まる姿が蘇《よみがえ》り、体が反応しそうになるのを悟る。小さく首を振り、山江は眠る嗣巳の頭を撫でた。

「嗣巳。目覚まし鳴ってるよ」

「……ん……」

山江の囁きに、柳眉《りゅうび》が微かに寄せられる。嗣巳は裸の山江の胸元に額を擦《す》り寄《よ》せた。

「やべえ、かわい……――じゃなくて、嗣巳、起きなくていいの？　止めようか？」

「んん……」

「おーい、つぐー。嗣巳ー」

手を伸ばし、嗣巳の携帯電話をとって耳元に近づける。嗣巳のまつげが震え、ゆっくりと瞼が開かれる。

「おはよ」

目が合ってすぐに朝の挨拶《あいさつ》をすると、嗣巳の瞼が再び閉じそうになる。

「こらこら、嗣巳。……今日は鈴子さんちで撮影するんじゃなかったの？」

山江の言葉に、嗣巳がはっと目を見開いた。それから、勢いよく携帯電話を摑む。

「やば、寝過ごしてた……！」

そう言ってすぐに身を起こし、嗣巳もベッドを降りた。それから思い出したように振り返って「おはよ！」と告げる。いつもならば、裸でベッドに二人でいたら恥じらってくれる嗣巳だったが、今日は焦っていてそれどころではないらしい。着替え、と言いながら、クローゼットの扉を開けていた。

「そんなに慌てなくても」

山江もベッドを降り、置かせてもらっている下着と、昨晩脱ぎ散らかした服を再び身につける。服に袖《そで》を通しながら、嗣巳は微かに眉尻を下げた。

「慌てるよ！　俺、今日は十一時から鈴ちゃんちで撮影の予定がー！」

「うん、それは昨晩聞いたけど」

「もう十時十五分だし！　目覚まし全然気づかなかっ——わぁっ」

嗣巳がハンガーを引っ張ったら、はずみで他のハンガーも落ちてきた。焦《あせ》っているせいか、ハンガーと衣類が絡んで四苦八苦している。すばやく着替え終えていた山江は小さく笑って嗣巳に近づき、その頭を軽く叩いた。

「慌ててると余計ミスするぞ。今から急いで支度《したく》して十分くらいで家出れば、余裕だろ」

こっちは俺がやっておくから、と落ちたハンガーを拾う。クローゼットにかけ直していたら視線を感じたのでそちらのほうを見やると、嗣巳がむくれていた。

「つぐ……？　いてっ」

どうしたのかと訊《き》こうと思ったら、二の腕を小突かれた。

「朝からかっこいい感じ出しても俺は誤魔化されないから」

「別にかっこいい感じなんて出してな……いてっ、痛っ、嗣巳痛いって」

照れ隠しなのだろうか、嗣巳が頬をうっすら染めつつ人差し指で二の腕を突いて攻撃してくる。言うほど痛くはないのだが、山江は痛いよ、と笑った。そして、今の自分が嗣巳にとって「かっこいい」のだなと、ポジティブなことを考えてしまう。

「ていうか嗣巳、俺は構ってもらえて嬉しいけど、時間大丈夫か？」

「あ……っ、早く早く」

「なあ、俺も見学行っていい？」

「いいけど急いで！」

嗣巳は背筋を伸ばし、ばたばたと再び身支度を始める。どうにか準備ができたところで、嗣巳が携帯電話をベッドに置き忘れたままであることに気がつく。

山江はそれを手に取り、既に玄関先で靴《くつ》をはいていた嗣巳に手渡した。

「嗣巳、スマホ忘れてる」

「うわ、ありがと」

二人で揃《そろ》って家を出て、エレベーターの中で嗣巳が小さく息を吐く。少し乱れた柔らかな髪を手櫛《てぐし》で直してやった。

「ところでさ、嗣巳のアラーム音小さくない？」

「え？」

「あれじゃ音小さすぎて目覚ましになんないだろ？　音量1くらいじゃないか、あれ」

山江はさほど寝起きの悪いほうではないが、アラームの音量はそれなりに大きな音に設定してある。だが嗣巳のアラーム音は、とても小さい音だった。山江もバイブ音がなければ気が付かなかったと思う。

山江の指摘に嗣巳は目を瞬《しばたた》き、頭を掻いた。

「普段はあれくらいの音量で充分起きられるんだよ。俺、大きい音だと起きるときびっくりするから嫌なんだよね」

「……そうなんだ？」

でも今日は起きられなかったじゃないかと、口にはしなかったが山江が指摘しようとしたことを嗣巳は察したらしい。眉《まゆ》を顰《ひそ》め、山江を睨《にら》みつけてきた。

「……誰のせいだと思ってんだよ」

——俺のせいみたいな言い方じゃん。

やはり声には出さなかったのに、嗣巳が汲《く》み取《と》って反論する。

「今日早いからって、言った」

ぼそぼそと小さい声で言われ、一瞬首を傾《かし》げたが、昨晩のやりとりに思い至った。そして、エレベーターのドアも開く。

昨夜、抱き合い始めてすぐに「翌日は十一時から仕事があるから一回だけ」と言われたので

「わかった」と返したのは山江だ。

――だって……嗣巳も「いい」って。

嗣巳は普段「いや」と言いながら蕩けて感じてくれる。そんな恋人が可愛くて、いつも抑えが利《き》かなくなるのだ。

昨晩も、甘く上ずった声で弱く抵抗をしていた嗣巳だったが、次第にいい、もっと、とねだってくれた。それで更に燃え上がってしまったが、最終的には失神するように嗣巳は眠ってしまったのだ。

――でも、確かに主導権が俺にあるなら、遠慮《えんりょ》するべきだったよな。

既にマンションの出入り口に向かって歩いている嗣巳を追いかけ、山江は手を合わせた。

「嗣巳、その、ごめん！　俺」

「――嘘だよ」

もう嗣巳の嫌がることはしないと心に誓《ちか》ったばかりなのに、と玄関ホールの床に土下座でもせんばかりの勢いの山江の額を、嗣巳が小突く。山江は目を瞬《しばたた》いた。

「いや、嘘でもないけど。でも昨晩は俺も結局流されちゃったし、俺も……その、したかった、から」

「つぐみ……いでっ」

言っている途中で羞恥《しゅうち》を覚えたらしい嗣巳が、照れ隠しに山江の額をぺちんと叩いた。

「だからこんなことしてる場合じゃないんだって！　急いでんの！」

早く早く、と言い合いながら、二人で縺《もつ》れるようにマンションを出た。


「ハロー！　ハジメマシテー、ダスティン、デス！」

キッチンの周りには撮影器具がセットされており、その向こう側には二人の男性が立っている。向かって左に立つ男の外国訛《なま》りの自己紹介に、嗣巳が目をまん丸くした。

ほんの少しだけ日常会話の日本語を練習してきたらしい筋肉質な白人男性は、嗣巳の留学時代のホストブラザーであるダスティンだ。山江は彼を見るのは初めてだが、思った以上に大柄《おおがら》で迫力がある。

彼はカメラに向かって、得意満面の表情を見せた。

「ダスティンが日本語喋《しゃべ》ってる！　覚えてきたの？」

「Yes, that's it!」

けれどそれ以上の会話はままならないようで、会話は英語に切り替わってしまう。元々英語で動画をアップロードしていた嗣巳なので、今日撮影されるものは後日、日本語字幕がつくのだろう。

だが、字幕がなければなにを喋っているのか、山江にはわからない。勝手に蚊帳《かや》の外に追いやられたような気分を味わってしまう。

二人は、鈴子の実家である洋食屋のキッチンスペースで、撮影にのぞんでいる。その対面に位置するフロアのテーブル席に、山江と鈴子は並んで座って見ていた。

——当時から確かに仲は良さそうだったけど……。

二人はまるで兄弟か恋人のような親しさで、楽しそうに料理を作り始めた。

今日は「節句の料理」を作るようだ。嗣巳は英語のチャンネルでは日本料理を、日本語のチャンネルでは海外の料理を作っているので、今日は英語のチャンネルなのだろう。

不意に、嗣巳の視線がこちらへ向く。微笑《ほほえ》んで手を振ると、嗣巳が嬉しそうに笑ってくれた。

それに気づいたダスティンが、小声で嗣巳になにか耳打ちする。嗣巳は一瞬不思議そうな顔をして、吹き出した。嗣巳も同じように手で口元を隠してぼそぼそとダスティンになにかを告げて、今度は互いに笑い合っていた。

——近い。

二人の距離が、やけに近い。物理的な意味でも、精神的な意味でも。

ダスティンは体が大きいし、二人を画面におさめなければいけない都合上、距離はどうしても近くなるものだ。引きで撮れば余裕で映るが、料理の動画なのでそちらが小さく映りすぎては意味がない。

頭ではわかっているのだが、親密そうな空気に嫉妬心が湧いてきてしまう。嗣巳本人に言ったことはないが、なにせ山江は未《いま》だに連絡を取り合っているという高校時代の友人でもある矢田にさえ嫉妬できるほどだ。

なにを話していたかも気になるけれど、そんなことを撮影中の今問うわけにもいかない。

じいっと二人の様子を眺めていると、傍《かたわ》らにいた鈴子――今日は男性の格好をしているので「鈴児」の姿だ――に、つんつんと肩をつつかれた。

「険《けわ》しい顔」

指摘に、はっとして顔の力を抜く。ちょうどカメラを止めているところだったので、山江も口を開いた。

「……どうも、修行が足りないようで」

昨晩抱いたばかりなのに、他の男との距離感の近さにやきもきし、楽しそうにしている嗣巳に胸が潰《つぶ》れそうになる。強張った頬をほぐすように、顔を引っ張った。

「自覚してるんならいいけど。……ていうか、やっぱりダイエットは地道なのが一番ってことよねえ」

「え……?」

唐突なコメントに首を傾《かし》げると、鈴子は「あら」と自分の唇を指で押さえた。

「今あっちでそう言ってたけど、もしかして英語結構苦手？」

「……鈴子さんはリスニングいけるんですね」

「日常会話程度よ」

「それ、めちゃくちゃできるってことじゃないですか……」

鈴子は否定もせずにふふっと笑う。二人の会話の内容がわからない、というところにもやきもきしていたのだが、傍らの鈴子がそれらを聞き取れていたと知って、さらなる疎外感《そがいかん》を味わう。

「そうそう。聞いた？　梶野《かじの》Ｐの話」

「あー、はい」

あの後、世界的にＳＮＳ上でセクハラや性的被害を告発・告白する運動が活発になった。その際、名前は伏せられていたが梶野と思われる人物から被害を受けた元タレントや女優などの告発があったのだ。

「名前は出てなくても、梶野さんってわかりますよねあれ」

「それもあるけど、その話じゃないわよ。梶野Ｐ、海外ロケで地元スタッフに強制わいせつして左遷《させん》されたんだって。今地方局のコンプライアンス部署にいるらしいわよ」

「コンプライアンス……？」

一番向いていない部署なのではという疑問が顔に出たか、「懲罰的《ちょうばつてき》左遷ってのはそういうもんなのよ」と鈴子が教えてくれる。セクハラをしたらセクハラ関連の部署、横領をしたら経理部に左遷というのは定番なのだそうだ。

「……因果応報ですけど、そっちではトラブル起こさないといいですね」

「そのときこそ、クビかお縄《なわ》にしてほしいわ」

そんな殺伐《さつばつ》とした会話を交わしている山江と鈴子をよそに、あちらの二人は料理をしながら、かつての嗣巳のダイエットのことについて話しているらしい。ダスティンとその家族は飼い犬も含めて、嗣巳のダイエットに協力した人々だ。以前、山江も嗣巳からダイエットの話を聞いたことがあるけれど、地道な努力というのに相応《ふさわ》しいものであったと思う。

そんなダスティンは現在、アスレティックセラピストとして働いているそうだ。アスレティックセラピストはカナダの国家資格で、スポーツの試合などでフィールド上で怪我人が出た場合に怪我の処置を行ったり、リハビリテーションの指導を行ったりする医療従事者のことをいい、日本でいう理学療法士とスポーツトレーナーのようなものだ。

だからより、そういった方面の話が弾《はず》むらしい。

「今はちなみに、嗣巳がカナダで菖蒲湯《しょうぶゆ》に挑戦しようとしたって話してるわよ。結構難易度高いわよねえ。アヤメとかショウブって、欧米でも売ってるのかしら?」

鈴子によれば、嗣巳が留学中にホストファミリーから「日本の年中行事もやろうぜ!」と誘われたが、近場のアジアンスーパーで菖蒲が売っておらず、代わりに何故かたまたま売っていた季節はずれのゆずで柚子湯《ゆずゆ》にした、というような話がされていたそうだ。

「なにその可愛いエピソード……」

「……可愛いかしら?」

可愛いですよ、とつぶやいて、山江はテーブルに突っ伏した。嗣巳のやることならなんでも可愛い。

数時間かけてでき上がった料理を前にして、嗣巳とダスティンが「ご視聴ありがとうございました、ばいばーい」と手を振る。

数秒後、嗣巳は息を吐いてカメラを止めた。嗣巳は、基本的に食べるところまで撮影することは少ない。切り分けた断面や、一口すくったところを映すのがせいぜいだ。

今回も、作って並べて、撮影を終えた。

「あー終わったー!」

少し気の抜けた様子で息を吐いてから、嗣巳がこちらに向かってぺこりと頭を下げる。山江は席を立ち、「お疲れ」と言いつつ歩み寄った。ダスティンと目が合うと、片手をあげて微笑まれたので、同じように手をあげる。

嗣巳は引き続き、近接撮影用のコンバーターを付けたデジカメで、でき上がった料理を接写していた。山江は既に撮影し終えたあられを一粒、皿から摘む。このあられも、先程嗣巳が手作りしたものだ。

「結構とりとめのないメニューだな」

「そりゃそうだよ。だって本来は一年を通して季節ごとに食べるもので、いっぺんに並べる料理じゃないもん」

テーブルの上には桃の節句の菱餅《ひしもち》、あられ、白酒、端午《たんご》の節句の柏餅《かしわもち》、七夕の素麺《そうめん》、菊の節句の菊酒が並んでいる。流石《さすが》嗣巳というべきか、盛り付けや色味などで工夫して画面がとっちらからないようになっており、言うほどとりとめがない見た目にはなっていない。

関東と関西では微妙に風習が違うらしく、今回は全て東日本のもので揃えたようだ。

「ていうか俺、菊の節句って初めて聞いた」

「菊の節句っていうより『重陽《ちょうよう》』のほうが耳に馴染みがあるんじゃないかしら？　それに『六日の菖蒲、十日の菊』って言うでしょ」

鈴子がそんなふうに言うが、「重陽」も聞き覚えがないなと思いつつ、山江は曖昧《あいまい》に笑った。

「なあ嗣巳、これ食べていい？」

可愛らしく盛られた素麺を指さすと、嗣巳はデジカメをしまいながら「待って」と言った。

「それ撮影用のだからもう伸びてるよ。新しく茹《ゆ》で直《なお》すから」

「え、いいよこれで。勿体《もったい》ないし」

「こっちはこっちでちゃんと使うから大丈夫」

そう言って、嗣巳は冷蔵庫から取り出した卵と素麺をボウルにいれてかき混ぜ、フライパンで焼いて「おやき」を作ってくれた。これならダスティンも美味しく食べられるから、とトマトとチーズを散らす。

「山江っていつも素麺どれくらい食う――」

「つぐ、電話鳴ってる！　マネージャーからよ」

「えっ、はい」

今まさに素麺を茹でようとしていた嗣巳は一旦《いったん》火をとめて、鈴子から携帯電話を受け取る。

「はい、由良です。――えっ、今からですか？」

嗣巳の言葉に、三人の視線が集中する。嗣巳は困ったなというような顔をした。

「はい。……いえ、しょうがないですよ。うん、わかりました」

じゃあ、と電話を切り、嗣巳は三人に向き直る。

「なんだって？」

「なんか、番組スタッフさんがスケジュールを勘違いしてたんだって。それで呼び出されちゃったから、ちょっと行ってくる」

「あらまー、気をつけてね」

ダスティンにも英語で事情を伝えた嗣巳は、よほど慌てているらしくエプロンをしたまま急いで出て行ってしまう。

「嗣巳、待って」

山江が嗣巳を追いかけると、店の外で気づいたようで、焦った様子でエプロンを外している嗣巳がいた。そして山江に気づき、かあっと赤面する。

「慌てすぎ」

くすくすと笑いながら、山江は嗣巳のエプロンを受け取ってやる。

「ごめん、素麺茹でてる時間なくて……」

「そんなの気にしなくていいのに。いってらっしゃい、嗣巳」

「……山江、ここで待っててくれる？　すぐに終わると思うから」

遠慮がちな申し出に、山江は微笑む。

「うん、わかった。待ってるよ」

嗣巳がいないならお暇《いとま》しようかと思っていたが、そう言われたら待っている以外の選択肢《し》はない。頷いた山江に、嗣巳が嬉しそうに笑った。

――可愛い。

たまらなくなって頬にキスをすると、嗣巳がひゃっと声を上げて首を竦めた。

「ひ、人が……っ、公衆の面前で……！」

「大丈夫、誰もいないの確認してからしたから。それより時間大丈夫か？」

「……行ってきます！」

言い返したいのに言い返せない、と言いたげな顔をして、嗣巳が駅に向かって走っていく。

店の中に戻ると、既に鈴子とダスティンが先に試食を始めていた。この輪に入るのは結構ハードルが高いかもしれない、と思いつつ山江も腰を下ろし、出がけに嗣巳が作っていったピザ風のおやきを口に運ぶ。

「ヤマエ？　ハジメマシテ、ダスティンです」

「あ、どうもはじめまして」

一口目を飲みこんだところで改まって挨拶をされ、山江も居住まいを正す。撮影前はバタついていて挨拶どころではなかった。

差し出された手を握り返すと、微かに力が込められる。対面のダスティンを見返すと、笑顔ではいるもののお世辞《せじ》にも友好的ではない目が向けられていて内心苦笑した。

ダスティンは、嗣巳と山江が付き合い始めたことを知っているらしい。そして、山江がかつて嗣巳を傷つけた失恋の相手だということも併《あわ》せて把握《はあく》しているそうなのだ。

――そりゃ、大歓迎なんてするわけないよな。

主にダイエットに付き合ったのはこのダスティンだというし、きっと細かなところまで知っているのだろう。お前今更なんのつもりだ、と胸ぐらを摑まれてもしょうがないとすら思う。

『ヤマエには一度言っておきたいことがあったんだ』

ちょっとダスティン、と鈴子が慌てて制止する。だがダスティンは眉を寄せたまま、山江を睨みつけた。

身長は山江のほうが少し高いくらいだが、体重は十キロくらいダスティンのほうがありそうで、少々及び腰になる。

『嗣巳をもう一度泣かせたら、許さないからな』

「……そんなつもりはないよ。絶対とは言い切れないけど、泣かせないように努力して、誠実に付き合っていくつもりだ」

鈴子が訳してくれた山江の言葉に、ダスティンは右目を眇《すが》める。ベッドの上での話はともかくとして、もう二度と、嗣巳を泣かせないし傷つけない。

『どうだか。嗣巳がもしまた、昔のような体型に戻ったら、お前は嗣巳を傷つけるんだろう?』

「……は?　体型は関係ないだろ」

そう告げると、ダスティンは鼻で笑い、「such a liar……」と肩を竦めて嘆息する。ここは訳されなくてもわかる。

『嗣巳は、自分が太っているから駄目なんだ、太っているから嫌われた、つらい思いをしたって言っていたぞ。嗣巳はそのままでも充分魅力的だったけれど、だから俺たち家族は彼を励《はげ》ましながらダイエットに協力したんだ』

「それは、誤解だ。本当に。……だって俺は、太ってる嗣巳を好きになったんだから」

体型で好きになったわけじゃない。太っている嗣巳も、痩せている今の嗣巳も、どちらも変わらず好きだ。

「でも、体型のことをあげつらったのは事実でしょ？」

今度は鈴子からの指摘に、山江は言葉に詰まる。

「それは……弁解の余地は、ないけど」

『無視しつづけて、目を合わせなかったって？』

「……友達だと思ってたやつに恋愛感情で好きだって言ったら、嗣巳を傷つけて、嫌われると思った。だから、好きじゃないってアピールしようとして」

「自分が好意を持ってることを隠すために嗣巳を傷つけたわけ？　勝手ね」

反論のしようもない。嗣巳を泣かせ、もう二度と笑いかけてくれないということがわかって、反省して後悔して、自分の馬鹿さ加減に泣いた。

「そればっかりじゃないでしょ。周囲にマイノリティだって知られるのが怖かったんじゃないの。よくあるのよ、同族嫌悪の同性愛嫌い」

「それも、全然ないとは言えないけど……それよりも、もし俺が好きだってことが周囲に知られたら、俺がただ一方的に好きになったのに、嗣巳も一緒に嗤《わら》われるって思ったんだ。……どう言い訳しても、俺が嗣巳を傷つけたのは、変わらないけど」

今は行動に至った理由を説明できるけれど、当時は意識してひどい態度を取っていたわけではなかった。だから説明が言い訳に変わってしまう。

鈴子は息を吐き、山江とダスティンの両方に「……とりあえず、お茶でも飲んで落ち着きましょうか」と声をかけた。

鈴子がお茶を入れてくれたので、三人でしばし嗣巳の料理を堪能する。手作りのあられは甘くて美味しい。だが砂を噛んでいる気分だ。

嗣巳の保護者のような二人に挟まれ、お説教タイムが始まる。

最初は鈴子が通訳がわりになってくれていたが、途中から「なんか腹が立ってきたわ」と山江そっちのけで二人で話し込んでしまう。

——英語わかんなくてよかった……。

とはいえ、二人とも山江にちくちく嫌味を言うというよりは、「嗣巳可哀想《かわいそう》!」「嗣巳頑張った!」「嗣巳は太ってても痩せてても可愛い!」という嗣巳主体の兄馬鹿な会話を繰り広げているだけなので、全部は聞き取れないが少し楽しい。

彼らの主張には山江も異論はなく、加えて、この二人の知らない嗣巳を知っているんだな、と昨晩の恋人の姿を思い返して優越感を覚えてしまう。

だがそんな山江に気づいたのか、鈴子がこちらを振り返り「あ、やらしい顔してる」と鋭くツッコミを入れてきた。

「やらしい顔なんて」

「してたでしょ。どうせ『この二人が知らない、恋人の嗣巳の顔を知ってるのは俺だけ』とかやらしい想像でもしてたんでしょ」

「鈴子さん怖いんすけど……」

読心術でも使えるのかと顔を引きつらせている山江をよそに、鈴子がダスティンに英語でなにか話しかける。

『そうそう、バレンタインデーの動画もひどかったぞ！　チョコケーキも嗣巳も俺のもの！　って得意満面だったな！』

鈴子の通訳してくれたダスティンの言葉に、山江はえっと声をあげる。

嗣巳と付き合い始めて以降、二人でコラボ動画を撮ることが増えた。二月の初旬、そろそろバレンタインデーということで、嗣巳は動画で大きなチョコレートのデコレーションケーキを作ってくれたのだ。

そこに確か、ダスティンも「美味しそう」とコメントを書き込んでくれていたが。

「……俺そんな顔してた？」

「いつもコラボ動画ではあんたが嗣巳にデレデレしてたけど、チョコケーキの回は更にって感じよ。顔面崩壊、土砂崩れよアンタ」

ダスティンではなく鈴子が教えてくれた言葉に、山江は赤面する。

——だってしょうがないんだよ、嗣巳のチョコケーキは俺にとって特別だから……。

嗣巳に対してデレデレしている自覚は山江にもある。これでも我慢しようとは思っているのだ。だがチョコレートケーキのときはいつも以上に抑えきれなかったらしい。

一応、視聴者に嗣巳と山江の関係を察したり邪推している者はいないようだが、それでもコラボ動画においては「山江、つぐみ先生のこと好きすぎ（笑）」とか「嬉しそうにしすぎだろ（笑）」などと書かれることが多い。

『それに、さっきの料理している俺たちに向けた目はなんだ？　山江が嗣巳のことを好きなのはわかる。そこに嘘はないと思うが、いちいち嫉妬するのは、愛情を感じるというよりは信用がないみたいで、嗣巳が可哀想だぞ！』

やはり先程の山江の視線に気づいていたらしいダスティンに言われ、山江はぐっと言葉に詰まる。ダスティンは大きく息を吐き、肩を竦めた。

『さっき嗣巳と話してたのは、山江がティムに似てるなって話だ』

「ティム……？」

また新たな男の名前に、更なる嫉妬心が湧く。しかも、自分に似ているだなんて心穏やかではない。似ている上に、自分よりも優しい男だったら勝てる気がしないからだ。

けれどダスティンと鈴子はまたしても目敏《めざと》くそれを悟り、睨んだ。

『ティムは、嗣巳のダイエットのパートナーだ』

「ダイエットのパートナー……」

『ティムは嗣巳のことを大事にしていたし、嗣巳もティムを同じくらい想っていた。そういう男だ』

ダスティンの家族以外にも、そんなに親しくしている相手がいたなんて聞いていない。過去のことに嫉妬をしてもしょうがないが、新たなライバルかと激しく動揺する。

『見るか？』

そう言って差し出された携帯電話を恐る恐る手に取る。そこに映っていたのはまだ少し幼い笑顔の嗣巳と、彼を押し倒す「ティム」の姿だった。

「……ティム？」

『ティムだ』

ティムは、昨晩の山江のように、仰向《あおむ》けになった嗣巳に覆《おお》いかぶさってキスをしていた。

——ティムは真っ黒な長毛の超大型犬だった。ニューファンドランドというカナダ原産の犬種だという。

「……っ」

どきどきしていた分だけとてつもない虚脱感が襲い、山江はテーブルに突っ伏した。

『嗣巳のことが大好きで、よくまとわりついていた。……嗣巳がうちに来た時点でもうだいぶ年寄りだったからな、二年前に星になっちまったが』

「……な、なるほど」

嗣巳から、ダイエットの際、最初は犬の散歩が主《おも》だった運動だったと聞いたことがある。別れがとてもつらかったとも。名前も聞いていたが、すっかり忘れていた。

『そっくりだろ？　お前に』

「……すいません」

小さく謝罪を口にして、唇を引き締める。

膨《ふく》らんでいた嫉妬心が、急速に萎《しぼ》んでいく。そして、なんでもかんでもやきもちを焼く、子供のような己《おのれ》を突きつけられて反省した。

――……それで、昔も失敗してんだから。

好きで、好きで、自分以外の誰かと楽しそうにしているだけで嫉妬して嗣巳を傷つけた。もう同じ轍《てつ》は踏まない。

嗣巳は山江を許してくれて、今は恋人になってくれたのだから。

『そんな顔するな！』

「いってえ！」

いつの間にか傍らに移動していたダスティンに思い切り背中を叩かれて、山江はつい大声を上げてしまった。

『嗣巳が許していても、俺はやっぱりお前が嫌いだ！』

「お、おう……」

はっきり嫌いと言われると、流石《さすが》に心が痛い。ダスティンはそんな山江の背中を更に叩いた。

『だけど、俺や鈴子の気持ちは関係ない。嗣巳が幸せならそれが正解なんだ。お前がハッピーじゃないと嗣巳もハッピーにはなれない。だからお前も嗣巳の前で笑顔でいろ！』

Don't worry. Be happy!　と肩を叩いてダスティンが呵呵《かか》と笑う。険悪なムードからの唐突なテンションの高さに目を回しそうになっていると、彼の言葉を訳してくれていた鈴子も小さく吹き出した。

「……ま、あたしも概《おおむ》ね同じ意見だけどさ。可愛いつぐを泣かせて、そのうえ取っていったんだから、小舅《こじゅうと》二人の愚痴《ぐち》といじめくらい付き合いなさい」

「ですね。お手柔らかに」

「受け流してんじゃないわよ」

受け流したつもりはないが、鈴子が冗談混じりに長い爪で腕をつついてくる。

「いや、反省してるんです。本当に。……鈴子さんの言う通り、高校生の頃も今も、泣かせたから」

卒業式の日に「嫌い」と言われたことも、再会してから「許せていない」「無理」と言われたことも、未《いま》だに夢に見る。

反省はしているけれど、反省も後悔も、足りていない。足りる日なんて、こないと思う。けれど、ダスティンが言うように自分が負い目ばかり抱《かか》えていても、嗣巳を幸せにはできないのかもしれない。

「一度俺は嗣巳の敵になってしまったから。……だからこれからは、なにがあっても嗣巳の味方になろうと思うんです。大事にします。一生」

山江の科白《セリフ》に、鈴子は「おや」という顔をした。ダスティンにもその言葉を通訳すると、彼は太い腕を体の前で組む。

『許してくれないかもよ、嗣巳は』

もっともな科白に、山江は苦笑する。

「嗣巳が許してくれてもくれなくても、気持ちは変わらない。許してくれなくていい。二度と同じ過《あやま》ちは犯さない。……嗣巳の全部を愛してるから」

相手が外国人だと思うからか、目の前に嗣巳がいないからか、いつもなら口にできないような科白でも、するりと出てきた。

普段から可愛い、好きだと頻繁《ひんぱん》に伝えているけれど、流石にこんな仰々《ぎょうぎょう》しい科白は山江でも言いづらい。

けれど、言ってしまえばすっきりして、決意表明をしたような気分にもなる。

「……だってよ?」

「え?」

鈴子から発せられた言葉の意味がわからず、山江は目を瞬く。

対面を見ると、ダスティンと鈴子がにやにやと笑っていた。二人の視線は、微妙に山江を逸れている気がする。

その目線をたどるように振り返ると、先程駅に向かって出ていったはずの嗣巳が店の入り口に立ち尽くしていた。

互いに見つめ合い、山江は硬直する。

「……えっ⁉」

ようやく状況を頭で把握《はあく》して、勢いよく立ち上がる。嗣巳の顔が、みるみる真っ赤になっていった。

「え⁉　えっ、なにこれ⁉」

「いえーい大成功ー！」

イエアー！　と言い合って、ダスティンと鈴子が互いの両掌《りょうてのひら》を叩き合う。どういうことかと三人の様子を呆然《ぼうぜん》と見ていると、嗣巳は顔を真っ赤にしながら俯いた。

「あらやだ、つぐ。なんでカメラ回してないのよ」

「……回せるわけないだろ！」

『日本語のチャンネルの配信動画にするんだろ？』

『出来るかー！』

ばかじゃないの、と嗣巳は赤面したまま反論した。三人の様子を見ながら、山江も状況を把握する。察するに、嗣巳は最初からずっと今の話を聞いていたようだ。

鈴子においでおいでと手招きされて、嗣巳がゆっくりとこちらに歩み寄ってくる。ちらりと泣きそうな顔で山江を見て、少し離れた席に座ってしまった。

「俺が作ったのと市販品を比べて当てるクイズを出すって言ったじゃん、嘘つき……！」

ぼそぼそと文句を言った嗣巳に、鈴子は「あらごめーん」と悪びれなく謝罪する。

「でもクイズ出すまでもないわよ。山江くん、出題もしてないのにダスティンの作ったほうには手も出さないで嗣巳の手作りばっか食べてるもの」

そうなのか、と自分でも知らなかったことを指摘される。

どうやら三人で申し合わせて、山江をドッキリに引っ掛けるつもりだったらしい。嗣巳が聞いていたのは「嗣巳が作った料理と市販の料理を山江がどちらがそうと見破れるかどうか」という企画だったそうだ。それを日本語のほうで配信するつもりだったようだが、確かにこれでは使えない。

――……早い話が嗣巳も引っ掛けられたってことか。

その証拠に、鈴子とダスティンは文句を言う嗣巳に笑顔を向けるばかりだ。今日、嗣巳と山江が来るより早く、鈴子とダスティンが鈴子の実家の店に到着していたが、打ち合わせでもしていたのだろう。

「よかったじゃない、今のところ、山江くんの言うことに嘘はなさそうよ」

「鈴ちゃん……っ！」

嗣巳はおろおろしながら、山江と鈴子を見比べる。

もう一度だけ山江を信じてくれると言って、付き合い始めた。けれど、嗣巳はずっと不安を抱いていたのだろう。鈴子とダスティンは、きっとそんな嗣巳の悩みを知っていて、今回のドッキリを思いついたのだ。

驚きはしたが、ありがたいと思う。当事者のいないところで語られた本音は、直接訴《うった》えるよりも時として信憑性《しんぴょうせい》がある。嗣巳は恥ずかしそうに怒っているけれど安心しただろうし、安心してもらえたことに山江も安堵《あんど》する。

「──じゃああたしたちはお邪魔でしょうから、あとは若い二人で……」

「鈴ちゃんなに言ってんの⁉」

ほほほ、と笑い、鈴子はダスティンの腕を引いて母屋《おもや》へ続くドアの向こうに行ってしまう。嗣巳が「鈴ちゃん待ってよ」と消え入りそうな声を出したが、引き止めることはできなかった。

二人だけで取り残され、嗣巳がちらりとこちらをうかがう。

「……本当は仕事入ってなかったの？」

「う、うん……」

ごめんなさい、と嗣巳が俯く。けれど真っ赤な耳は隠しきれていない。山江は微かに身を屈《かが》

め、その耳殻《じかく》にキスをした。びくっと嗣巳が首を竦める。

「企画としてはドッキリだったかもしれないけど、さっきの俺の言葉に嘘はないから」

「っ、……」

耳を押さえて、嗣巳が唇を震わせる。

「どんな嗣巳でも、全部愛してるよ」

「やま……」

名前を呼ぼうと開かれた唇にも、キスをする。ん、と嗣巳の唇から吐息がこぼれた。細い腰を抱いて、引き寄せる。外で待っていたせいだろうか、嗣巳の体が少し冷えていた。

角度を変えながらキスを深めていき、舌を絡める。嗣巳の唇から、ん、ん、と甘ったるい声が溢れて、キスが止められない。

嗣巳の足の間に膝を差し込み、より強く抱きしめると、かすかな抵抗にあった。

「駄目、これ以上、は……っ」

わかってはいるが止められず、制止の言葉を上げた嗣巳の唇を塞ぐ。山江の胸を押し返していた嗣巳の手が、縋るようにジャケットを摑んだ。

止まらないけれど、店のフロアで押し倒すわけにもいかないし、どうしようかと山江が悶々《もんもん》としていたら「いい加減にしろ！」と一旦《いったん》退室したはずの鈴子とダスティンが戻ってきた。

あとがき

AFTERWORD…………………　―栗城　偲―

はじめましてこんにちは。ご飯はなるべく残さずおいしく食べたい栗城偲《くりきしのぶ》と申します。この度《たび》は拙作《せっさく》『ラブデリカテッセン』をお手に取って頂《いただ》きましてありがとうございました。楽しんで読んで頂けましたら幸いです。

　雑誌掲載時より加筆修正してありますので（致しているシーンとかも）、雑誌をご覧になった方も是非《ぜひ》頭から読んでみてくださいませ。

攻や受に特定のモデルはおりませんが、攻は職業が所謂「大食いユー●ューバー」という人です。私が子供の頃はよく大食い番組が放送されていたのですが、近年は番組の一コーナーくらいでしかあまりお目にかからなくなりました。一方で動画投稿・共有サイトでは大食いの方が沢山いらっしゃって、現代はこちらが主戦場なのだなと時代の変遷《へんせん》を感じます。

　大食いの方って（何故《なぜ》痩《や》せているか論争はちょっと脇に置いておいて）あれだけ食べていて痩せているのも勿論《もちろん》ですが、そもそもあの胃の容量が羨《うらや》ましくなります。

　私も決して少食ではないのですが、旅行の日程と名物の数のバランスが悪いことってありませんか……。あれも食べたいこれも食べたい、このお店も行きたいしこっちのお店も行きたい、と思って名物や名店をピックアップしていくと、三食おやつ×日程でもまったく追いつかない！　ということが割とあるんです私。主食（麺類《めんるい》とか）が名物だとお腹がはち切れます。そういうときは「無尽蔵《むじんぞう》に入る胃袋がほしい……！」となるので、大食い出来る胃と太らない体がほしいです。もしそんな胃袋があったら喜多方《きたかた》ラーメン全制覇と中華街の露店すべて食べ歩きとかしたい。

ところで自分でも書きながら攻よりも誰よりも「こいつは許してはならぬ」と思ったのはBLな部分ではほぼ絡んでいないプロデューサーなのですが、でも現実ではテレビ業界に限らずこれだけ無神経で最低な人のほうが人生謳歌《おうか》して全《まっと》うしがちなんだよな……とどんよりした気持ちになりました。しかし私はこの世界の創造主なので天網恢恢疎《てんもうかいかいそ》にして漏らさず……と心で呟きつつ控《ひか》えめに報《むく》いを与えました。控えめなのは実例を調べたら通常その程度の左遷《させん》人事しかされないみたいだったからです。でもきっとこのPには足の小指をぶつける呪《のろ》いもかかっています。

イラストは雑誌掲載時に引き続き、カワイチハル先生に描いて頂けました。

画面が華《はな》やかでとっても可愛《かわい》くて、料理もすごく美味《おい》しそうで、うふうふしてしまいます。うふうふ。

カワイ先生に描いて頂いた攻の山江《やまえ》が私が想像していたよりずっと男前で、そして嗣巳《つぐみ》がもっとずっと可愛くて、「こ、こんな子をいじめていたのか……」と慄《おのの》きました。可哀想《かわいそう》（私が書いた）！

嗣巳は太っていても大変可愛い……。まるでハムスターのような愛らしさ。お忙しいところ、ありがとうございました！

そしてこの本をお手に取って頂いた皆様。本当にありがとうございます。よろしければ、感想など頂ければ幸いです。

ツイッターなどやっておりますので、よろしければそちらもご覧ください。

またどこかで、お目にかかれますように。

栗城偲

Twitter：shinobu_krk

この本を読んでのご意見、ご感想などをお寄せください。
栗城 偲先生・カワイチハル先生へのはげましのおたよりもお待ちしております。

〒113-0024　東京都文京区西片2-19-18　新書館
[編集部へのご意見・ご感想] ディアプラス編集部「ラブデリカテッセン」係
[先生方へのおたより] ディアプラス編集部気付　○○先生

- 初出 -
ラブデリカテッセン：小説DEAR+18年フユ号（vol.68）掲載のものに加筆
ラブグロッサリー：書き下ろし

ラブデリカテッセン

著者：栗城 偲 くりき・しのぶ

初版発行：2019年3月25日

発行所：株式会社 新書館
[編集] 〒113-0024
東京都文京区西片2-19-18　電話（03）3811-2631
[営業] 〒174-0043
東京都板橋区坂下1-22-14　電話（03）5970-3840
[URL] https://www.shinshokan.co.jp/

印刷・製本：株式会社光邦

ISBN978-4-403-52478-3 ©Shinobu KURIKI 2019 Printed in Japan

ディアプラスBL小説大賞
作品大募集!!

年齢、性別、経験、プロ・アマ不問!

賞と賞金

大賞：30万円 ＋小説ディアプラス1年分
佳作：10万円 ＋小説ディアプラス1年分
奨励賞：3万円 ＋小説ディアプラス1年分
期待作：1万円 ＋小説ディアプラス1年分

＊トップ賞は必ず掲載!!
＊期待作以上のトップ賞受賞者には、担当編集がつき個別指導!!
＊第4次選考通過以上の希望者の方には、個別に評をお送りします。

内容

■キャラクターとストーリーが魅力的な、商業誌未発表のオリジナルBL小説。
■Hシーン必須。
■同人誌掲載作は販売・頒布を停止したもの、ネット発表作品は該当サイトから下ろしたもののみ、投稿可。なお応募作品の出版権、上映などの諸権利が生じた場合、その優先権は新書館が所持いたします。
■二重投稿、他者の権利を侵害する作品の投稿は固く禁じます。

ページ数

◆400字詰め原稿用紙換算で**120**枚以内（手書き原稿不可）。可能ならA4用紙を縦に使用し、20字×20行×2〜3段でタテ書き印字してください。原稿にはノンブル（通し番号）をふり、右上をひもなどでとじてください。なお、原稿には作品のストーリー概要を400字以内で必ず添付してください。
◆応募原稿は返却いたしません。必要な方はバックアップをとってください。

しめきり 年2回：1月31日／7月31日（当日消印有効）
発表 1月31日締め切り分……小説ディアプラス・ナツ号誌上（6月20日発売）
7月31日締め切り分……小説ディアプラス・フユ号誌上（12月20日発売）

あて先 〒113-0024 東京都文京区西片2-19-18
株式会社 新書館　ディアプラスBL小説大賞 係

※応募封筒の裏に【タイトル、ページ数、ペンネーム、住所、氏名、年齢、性別、電話番号、メールアドレス、連絡可能な時間帯、作品のテーマ、執筆日数、投稿歴、投稿動機、好きなBL小説家】を明記した紙を貼って送ってください。